AF358765

MARTE

ELÍAS IGLESIAS ESTRADA

MARTE

EXLIBRIC

ANTEQUERA 2021

MARTE
© Elías Iglesias Estrada
Diseño de portada: Dpto. de Diseño Gráfico Exlibric

Iª edición

© ExLibric, 2021.

Editado por: ExLibric
c/ Cueva de Viera, 2, Local 3
Centro Negocios CADI
29200 Antequera (Málaga)
Teléfono: 952 70 60 04
Fax: 952 84 55 03
Correo electrónico: exlibric@exlibric.com
Internet: www.exlibric.com

ISBN: 978-84-18912-10-8
Depósito Legal: MA 904-2021

Nota de la editorial: ExLibric pertenece a Innovación y Cualificación S.   L.

ELÍAS IGLESIAS ESTRADA

MARTE

1. Marte

12:10 a. m. del 10 de julio de 2020. Después de meses de espera, llegó el comunicado meteorológico del Observatorio de la NASA:

«Entre los días 27 de julio y 8 de agosto, se prevé tiempo estable y se abrirá la ventana de oportunidad para el lanzamiento de la misión Marte, lo que se comunica conforme a las instrucciones recibidas de ese centro espacial. Suerte».

La colombiana D.ª Diana Trujillo, ingeniera aeronáutica, directora del proyecto Marte, convocó una reunión urgente con el fin de preparar toda la logística necesaria para enviar a Marte el robot Perseverance. No se podía fallar en nada, pues si se volvía a abortar el proyecto, se tendría que esperar más de dos años o desistir.

En la base Cabo Cañaveral de la NASA, todo estaba preparado para la ejecución. De hecho, la cuenta atrás se había iniciado desde el momento en que se tuvo conocimiento del informe del Observatorio Meteorológico de la NASA. Últimas comprobaciones: fuselaje revisado, torre de lanzamiento anclada correctamente, depósitos llenos, robot Perseverance, paracaídas, «grúa celestial» y el helicóptero Ingenuity en la bodega del robot. Todo OK. Otro repaso. OK. Y así todos los días para que no se descuidase nada. Mientras tanto, la cuenta atrás continuaba… 3 días, 14 horas, 26 minutos, 8 segundos.

Día 30 de julio de 2020, a las 7:50 a. m. Está previsto el despegue. Silencio en la sala de control, solo se escucha «siete, seis, cinco, cuatro, tres, dos, uno». Encendido de motores del cohete. Inunda el exterior una nube que asciende tapando la enorme mole. De repente, aparece entre ella la cabeza del cohete, como si de un parto se tratase. Ya se ve toda su magnífica estructura. Mientras, se vuelve a oír un estruendo de piezas chocando contra la tierra. Es la torre de lanzamiento, que se derrumba.

Por unos segundos, reina el silencio, que se rompe con un estruendoso aplauso. «Todos a sus pantallas de seguimiento, todavía está en la troposfera…, estratosfera…, mesosfera…, termosfera…, exosfera. Ya está yendo a Marte. Siete meses de viaje. Buena travesía», se oye decir a alguien. La aclamación de despedida y de esperanza por volver a recuperarlo —en 25 meses— vuelve a resonar en la sala de control con una cerrada ovación.

Han pasado cinco meses. Todo sigue sin incidencias dignas de mención. Día 1 de febrero de 2021. Ebullición en los centros de control y vigilancia, en especial México, que va a dirigir todo el operativo. Se comprueban todas las incidencias que se puedan producir; no queda nada a la suerte. Entrará en la exosfera de Marte —a unos 200 km del planeta—, seguirá a la atmósfera superior o termosfera, continuará hacia la atmósfera media y acabará en la atmósfera inferior, cálida debido al calentamiento del polvo en suspensión y el suelo donde se posará el robot Perseverance.

Día 16 de febrero de 2021, 7:50 a. m. Reunión de alto nivel en la Central de Seguimiento de México. Están presentes la directora del proyecto y todos los jefes y jefas de salas que coordinarán el amartizaje. Se resuelve que el día 18 de febrero de 2021, a las 16:57, se posará en el cráter del volcán Jezero el robot Perseverance.

«Se darán tres momentos clave. Primero entrará en la exosfera marciana a 12 000 km/h y en diez o quince minutos deberá reducir su velocidad a 1/3. A continuación, se abrirá la escotilla del transbordador y saldrá el robot enganchado en la grúa celestial y el paracaídas, que reducirán considerablemente la velocidad. Finalmente, la hora adecuada de amartizaje se prevé para las 16:57, como se ha indicado anteriormente, con lo cual a las 16:50 empezarán los siete minutos de terror. Nada más. Cruzad los dedos, rezad los que sepáis y suerte».

Día 18 de febrero. A las 13:20, entra en la exosfera. 14:07, reduce la velocidad del transbordador considerablemente. 15:15, se abre compuerta y se lanza el robot Perseverance amarrado a la grúa celestial (un cable que sujeta el robot y se ancla en el paracaídas para evitar que este último se enganche en el Perseverance). 16:50, el robot se desprende del paracaídas e inicia su amartizaje… Ahora comienzan los siete minutos de terror.

«¿Cuántas horas tiene un minuto?», pregunta un compañero para intentar reducir la tensión. Miran los relojes, aún faltan cuatro minutos, faltan dos, falta uno… 60, 59, 58…, 7, 6, 5, 4, 3, 2, 1. Primera señal del Perseverance. Se escucha un «viva» en muchos idiomas y un aplauso al unísono. Abrazos, llantos, besos…, todas las emociones se desbordan. A la mierda la pandemia. No pasan ni cinco minutos cuando se escucha: «Todos a sus puestos, hay que empezar».

«Placas solares: extendidas».

«Cámaras fotográficas: enviando fotos, estamos ajustando calidad de imagen. Rectifico, ya están operativas en alta definición».

«Sonido: alto y claro».

«Control de bodega: helicóptero Ingenuity sin daños. Iniciando la carga de las baterías».

Todos los controles son afirmativos, está todo correcto. No había daños.

No han sido casuales los motivos para que amartizara el robot en el cráter del volcán Jezero, sino más bien causales, ya que casi todos los estudios que se venían realizando del planeta Marte, desde hace más de 15 años, parecen indicar que en el subsuelo de este cráter puede haber corrientes fluviales, tanto de entrada como de salida, o al menos las hubo y puede haber restos biológicos o microorganismos. Eso es lo que se espera.

El robot Perseverance continúa con sus experimentos previstos. Se desplaza a unos 16 m/h, recoge material geológico —polvo en suspensión, aire…— y lo va introduciendo en los envases previstos para su posterior estudio en la Tierra. Sigue asimismo mandando fotografías de todo lo que ocurre a su alrededor y los sonidos del planeta Marte. También se van cargando las baterías del helicóptero Ingenuity, según los cálculos previstos.

El próximo 8 de abril (fecha en la Tierra) se enviará el helicóptero a la atmósfera marciana, que será la última fase de riesgo. Se ha de comprobar si realiza correctamente las funciones en Marte, para lo que ha sido diseñado por la ingeniera aeroespacial hindú Dra. Swati Mohan.

Día 11 de abril de 2021. Todas las pruebas iniciales han sido superadas con éxito. El helicóptero Ingenuity inicia sus vuelos de reconocimiento. Las cámaras fotográficas de alta definición están correctas. Los paneles solares se encuentran en perfecto estado. Las pruebas de funcionamiento de rotores resultan extraordinarias. Solo queda superar los vuelos programados. Volará en círculos concéntricos alrededor del Perseverance durante 60-70 días marcianos, círculos que se irán ampliando cada día y una vez alcanzado el máximo inicialmente previsto, regresará a la bodega del robot.

El 24 de mayo (30 días marcianos), el Ingenuity envía una serie de fotografías que hacen que los miembros del equipo de la Dra. Mohan requieran de su presencia.

Swati no da crédito a lo que le están enseñando e, inmediatamente, pide reunirse con la directora del proyecto Marte, D.ª Diana Trujillo. Ambos equipos se reúnen y, dado la temática de las fotografías, deciden solicitar las opiniones de expertos paleontólogos.

Son consultados dos de los más reconocidos internacionalmente, los profesores John R., «Jack», y Paul Calixtus Serrano, quienes firman un informe corroborando las sospechas de los equipos de las Dras. Trujillo y Mohan.

El máximo responsable del proyecto es el secretario de Defensa Austin Lloyd, quien, una vez informado, considera que Antony Blinken, el secretario de Estado, debe tener también conocimiento del descubrimiento.

Blinken se queda atónito:

—¿Desde cuándo sabemos esto?

—Cuatro días —responde la Dra. Trujillo—. Hemos querido refrendar con al menos dos expertos paleontólogos lo que parecía una realidad.

—Correcto. Pónganme con el presidente. —Y al cabo de unos instantes—: Presidente, estoy en Cabo Cañaveral con la directora de la operación Marte. Se han producido unos acontecimientos que debe conocer, a mi juicio, inmediatamente. Podemos estar a las 16 horas en la Casa Blanca con el secretario de Defensa y el equipo del proyecto Marte. Y, a mi juicio, dada la información que se ha recibido, deberían estar presentes la vicepresidenta Kamala Harris, el gabinete y, si así lo considera, la presidenta de la Cámara de Representantes Nancy Pelosi y Mitch McConnell, líder de la minoría republicana en el Senado.

—¿Lo considera prudente, Blinken? —responde el presidente.

—Según mi criterio y dada la información, creo que sí.

A los 15 minutos, la oficina del presidente confirma la reunión para las 16:30. Se inicia el encuentro puntualmente, entre la sorpresa y la inquietud de lo desconocido, las prisas requeridas y sin ninguna otra explicación.

Las personalidades convocadas no dan crédito a lo que les van relatando mientras van viendo las fotografías. Se abre un intenso debate y se llega a la conclusión de que si se quiere confirmar la realidad de lo visto, hay que traer a la Tierra ese material. Estados Unidos no tiene capacidad económica ni tecnológica para conseguir ellos solos esa gesta. Se acordó que se convocase al secretario general de la ONU.

Son las 21:17. El presidente pide hablar urgentemente con António Guterres, secretario general de la ONU; hoy es viernes y no se puede perder más tiempo. Regresa Biden a la sala de reuniones y les confirma que el secretario general de la ONU ya está viniendo. Pide que se les ofrezca una cena fría, que va a servir para reponer fuerzas y descansar.

Se hacen corrillos. La incredulidad es la tónica de todas las conversaciones. Han transcurrido 40 minutos cuando se anuncia la llegada de António Guterres y su equipo.

Son las 22:00 del día 28 de mayo. Se le hace un resumen al secretario general de la ONU y se le entrega el dosier con toda la documentación y la grabación de los debates.

—Sr. Guterres —dice Joe Biden—, creo que si queremos conocer la realidad de este descubrimiento, tiene que ser una operación mundial. Ningún país de la Tierra tiene los medios ni la tecnología necesarios para alcanzar el objetivo. Hemos aprendido, lamentablemente con un alto coste de vidas, que solo la unión nos hizo fuertes ante la pandemia contra la que aún estamos luchando.

—Sr. presidente —contesta el secretario general de la ONU—, mañana mismo llamaré a los líderes más destacados del mundo para ponerles en antecedentes. En 10 días máximo, tendremos en la sede de la ONU una reunión extraordinaria de los líderes del planeta para, en primer lugar, darles a conocer el descubrimiento y, posteriormente, hacer un llamamiento a unificar todos los esfuerzos para alcanzar el objetivo.

—Muchas gracias…

2. La Tierra

Miércoles 18 de septiembre de 2030, 12 a. m. Asamblea General de las Naciones Unidas. El zimbabuense Mazanu Chamapiwa, secretario general, abre la sesión extraordinaria en la que todos los líderes mundiales serán informados sobre la misión Universo a Marte ya concluida.

Comienza el Sr. Chamapiwa saludando a los presentes y a aquellos que no han podido venir pero que lo están siguiendo a través del circuito cerrado instalado al efecto.

—Quiero en primer lugar agradecer —continúa el secretario general— a todos aquellos presidentes de Gobiernos que acudieron a la llamada de António Guterres, quien les informó del importante descubrimiento realizado en el planeta Marte por los EE. UU. de América y que su presidente Joe Biden compartió. Rindo aquí mi primer homenaje y mi eterna gratitud al fallecido presidente, motor e impulsor de este avance espectacular de la humanidad.

»Sumaré a ella la que debemos a todos aquellos dignatarios que el 12 de junio de 2021 unieron sus esfuerzos para compartir y conseguir realizar esta aventura. Gracias.

»Pero no han de quedar ahí los agradecimientos y los reconocimientos. Todos sin excepción, desde el último peón hasta el científico más importante, han sido imprescindibles en el engranaje de esta nueva fase de la historia, hayan estado donde les haya tocado, ya sea limpiando en su fábrica, oficina u hospital, o se trate de un guardia o un bombero. En definitiva, cualquier ser humano ha sido partícipe y una pieza necesaria para llevar a cabo esta hazaña.

»Esta organización asumió, a petición unánime de los países miembros, la tarea de coordinar las operaciones, y así lo hemos hecho, con errores y con muchos aciertos. Míos son los errores; vuestros, los aciertos. Lo logramos.

»Déjenme hacer una reflexión sobre lo que me parece que fue la clave del acierto. El presidente Biden dijo al entonces secretario general de la ONU que ni los EE. UU. de América ni ninguna otra potencia por sí sola podría alcanzar el objetivo. Lo estamos viendo en la actualidad. Prácticamente estamos llegando al final de la derrota total de la pandemia conocida como COVID-19. ¿Cómo lo hemos alcanzado? Uniendo voluntades, conectando la ciencia y aportando todos los medios necesarios. En menos de un año teníamos varias vacunas desplegadas y de gran efectividad. La historia nos decía que una vacuna se tardaba en desarrollar al menos cinco años, pero lo conseguimos. Lamentablemente con un alto coste en vidas humanas, más de 3 millones de muertes, pero vencimos.

»Ahora es el momento de la verdad, de conocer si queremos unirnos para saber y para crecer. Pero todos.

»Aquí tenemos el resultado: ganamos.

»No me queda nada más que volver a agradecer a todos Uds. su esfuerzo y el de sus pueblos. Ahora las Dras. D.ª Diana Trujillo y D.ª Swati Mohan, directoras máximas responsables de la misión Marte, les ampliarán la información disponible que ya se ha publicado para conocimiento general.

Una cerrada ovación agradece la intervención del secretario general de la ONU en la Asamblea General de líderes mundiales.

Sin solución de continuidad, hicieron su aparición, entre aplausos, en el estrado las Dras. Trujillo y Mohan.

Toma la palabra D.ª Diana Trujillo, que comienza por adherirse, tanto ella como la Dra. Mohan, a las palabras de gratitud del Sr. Chamapiwa.

—Nosotras dos haremos un resumen de todo lo que consideramos más destacado de la misión, pero, como es obvio, ya está a disposición de todos los países los dosieres completos de toda la misión Marte.

»Nos acompañan todos los directores de los distintos proyectos que se han llevado a efecto —dijo señalando a un lateral de la Asamblea, donde se acomodaban unas 40 personas—. Hemos tocado todos los temas conocidos hasta la fecha, incluyendo las valiosísimas informaciones que nos proporcionó el Perseverance a su llegada a la Tierra a finales del año 2022. Una vez analizados los materiales recogidos en suelo marciano, nos facilitó, de una manera vertiginosa, el avance en todas las tecnologías del proyecto. Baste decir que uno de los minerales recogidos en Marte tiene una capacidad de energía inimaginable. El viaje a Marte era de una duración no menor de 7 meses terrestres. Pues bien, la energía Biden, nombre que se le asignó al nuevo mineral, lo redujo a no más de 10 días terrestres.

»Durante el año anterior a la llegada del robot con el material recogido en la superficie marciana —continúa exponiendo los temas más destacados la ingeniera aeroespacial D.ª Swati Mohan—, estuvimos realizando investigación y desarrollo de sistemas logísticos. Por citar algún ejemplo: aceleramos proyectos relacionados con el tratamiento de agua potable, añadiendo más capacidades y mejoras a las ya conocidas en la Estación Espacial Internacional; descubrimos cómo conseguir en los edificios y naves espaciales la gravedad de la Tierra, con el fin de no estar permanentemente flotando; diseñamos y produjimos trajes espaciales más livianos, a la vez que más seguros, teniendo en cuenta las variaciones climáticas en Marte, que cada día van de los 90 °C en el cénit a los –90 °C en el nadir, en las casi 41 horas que tiene el día marciano, para desarrollar en el exterior las funciones necesarias y lograr el objetivo principal, recoger las estelas funerarias o lápidas, que ha sido la motivación inicial de esta aventura, como resultado de las fotografías enviadas por el helicóptero Ingenuity en su día; así como investigar lo máximo posible del planeta.

»Para poder realizar los experimentos, se construyeron estaciones de ensayo en cinco puntos diferentes del planeta Tierra donde se producen variaciones climáticas extremas: desiertos, zonas árticas, etc. En definitiva, donde pudiésemos tener información más acorde con lo que nos encontraríamos. Nos permitió hacer proyecciones sobre tiempos de exposición fuera del Centro. Con los resultados obtenidos, pudimos establecer, por seguridad, los turnos de permanencia en el exterior de los habitáculos. Como ya se ha comentado, el día marciano dura, aproximadamente, algo más de 40 horas. Teniendo además en cuenta que la temperatura va desde los 90 °C a los –90 °C, se consideró que la permanencia debería ser en dos turnos: el primero desde los –25 °C hasta los 25 °C y el segundo iría de los 25 °C a los –25 °C, de doce horas marcianas cada uno. Estos deberían ser cubiertos al menos con tres subturnos de 4 horas marcianas.

»Se consultó con múltiples expertos de medicina deportiva para probar técnicas con el objetivo de conseguir evitar la disminución de la masa muscular que se produce en el espacio, con nutricionistas, se estudiaron tipos de ejercicios habituales para tener tonificados los músculos, técnicas de control mental… En definitiva, se tuvieron en cuenta todas las disciplinas para evitar descompensaciones tanto físicas como psíquicas y sensoriales. Se pensó también en la música y la lectura más acertada.

»Terminamos con éxito unos proyectos que estaban en un desarrollo incipiente, y otros decayeron. Podríamos seguir enumerando casuística concreta de desarrollos científicos, tecnológicos, nutricionales, deportivos… En fin, cualquier cosa que se les ocurra estuvo prevista, y la que no se les ocurra, por si acaso, también, especialmente lo referente a la seguridad de las personas que fuimos al planeta Marte.

»Cuando tuvimos la información real de la composición y comportamiento del planeta Marte al regreso del Perseverance, tuvimos que cambiar algunos parámetros, cosa que a veces estaba prevista como una segunda opción. En definitiva, ya lo irán viendo más adelante con el desarrollo a realizar por los responsables directos de cada proyecto.

—Reconocemos lo afortunados que hemos sido y el incalculable valor de los conocimientos que hemos adquirido de primera mano. Impagable. —Volvió a tomar la palabra el secretario general Mazanu Chamapiwa—. Aquí hemos comenzado la nueva historia de nuestro planeta, pero solo es el principio. Ya hemos enviado a Venus, Júpiter y Saturno tres Explorer que nos facilitarán un primer acercamiento a dichos planetas. No sabemos qué nos encontraremos; tampoco lo sabíamos con Marte y aquí estamos hoy, después de solo diez años. En el futuro puede que no seamos nosotras y nosotros los protagonistas, espero que sean nuestras hijas e hijos, nietas y nietos los que disfruten tanto o más de lo que nosotros lo hemos hecho.

»Ahora haremos una pausa para digerir lo hablado y las comidas que nos sirven. Por la tarde iniciaremos la jornada con una proyección sobre toda la misión resumida.

»El próximo lunes 23 a las nueve de la mañana, en este edificio, en la sala de plenarios, con una capacidad máxima de 1500 personas, lo hará el arqueólogo director del proyecto Cultura, el Dr. Arnold Bakker. Muchas gracias.

Una aclamación despidió al secretario general de la ONU.

3. Presentación de la aventura

El día 23 de septiembre de 2030, a las 9 a. m., se abre la sesión en la Asamblea General de la ONU ante 1500 personas, en la que se empezará a narrar la aventura de la misión a Marte.

La inicia el profesor Arnold Bakker, arqueólogo, director del proyecto Cultura. Comienza saludando a los presentes y hace una mención muy especial a los ausentes, porque dice que «sin ellos, no estaríamos aquí».

—Cuando venía a esta sala, me paré ante el mural de José Vela Zanetti «La ruta de la libertad», que supongo que todos ya conocen. Si se han parado a contemplarlo con cierto detenimiento, habrán visto que refleja seis escenas diferentes pero unidas entre sí que definen esta aventura.

»Hipatia de Alejandría, Leonardo da Vinci, Galileo Galilei, Julio Verne, Isaac Asimov, José Vela Zanetti… Son, han sido y seguro que los hay entre nosotros quienes nos van marcando el camino de lo inédito, lo asombroso, aquello que la mayoría de la humanidad hemos ignorado. Tengo la esperanza y también la seguridad de que no nos volverá a suceder.

»Especialmente ignoradas han sido las mujeres. Recuerden: «La humanidad siempre ha tenido miedo de las mujeres que vuelan. Ya sea por brujas o por libres». En esta aventura la mujer ha superado el sesenta y cinco por ciento, de media, de los participantes, y en todos los niveles, comenzando por las Dras. Trujillo y Mohan.

»Pero vuelvo al principio. Les comenté que el mural de Vela Zanetti está compuesto por seis escenas que, a mi juicio, pueden definir de dónde venimos, dónde estamos y a dónde vamos.

»Escena primera: el Holocausto. De las miserias de la humanidad. Durante siglos hemos instalado como realidad la autodestrucción: guerras, hambrunas, pandemias, odios, miserias, el «sálvese quien pueda» era el grito de los poderosos. En definitiva, la oscuridad.

»Escena segunda: la paz para todos. El grito de los que nada tenían y nada podían perder, lo que lucharon contra obstáculos, envidias, traiciones…, pero siguieron creciendo. La solidaridad.

»Tercera escena: el reencuentro y súplica. A mí me transmite que podemos estar al principio de un hermoso cambio en la humanidad. La empatía.

»Escena cuarta: la reconstrucción. La más hermosa de las escenas, la que representa todo lo que podemos hacer si dejamos atrás los intereses personales y ponemos por delante los generales. De esa forma alcanzaremos lo que nos propongamos. La unidad.

»Quinta escena: el tiempo de la cultura. A través de la cultura, se eliminan las diferencias y podremos ser más ecuánimes, pues estamos más y mejor informados. La igualdad.

»Sexta y última escena: el progreso. Es lo que hoy aquí estamos iniciando. Estamos abriendo caminos que nos han de llevar a donde queramos llegar, mejor dicho, hemos iniciado la ruta a la libertad.

»Aún no he encontrado la manera de explicar con claridad y utilizar palabras sencillas para entender los cambios que se avecinan. Por eso usaré símbolos y terminología que a todos nos facilite su entendimiento. Así, por ejemplo, utilizaré la Biblia, el libro más leído por la humanidad, para relacionar muchas comparativas que necesitamos que se entiendan, porque si no estaríamos de nuevo en los «misterios de fe», creer en lo que no se ve. Y lo que queremos es que se vea y se entienda.

»Se relata en la Biblia que el ser supremo creó el paraíso terrenal y se lo entregó a Adán y Eva, lo dispuso todo para su libre uso, salvo que, refiriéndose a un árbol, les dijo: «De todos los árboles del Paraíso podréis comer sus frutos, excepto del árbol del bien y del mal, pues si así lo hicieseis, moriríais».

»No hay nada peor que prohibir para desatar el ansia de saber. Fue una mujer, Eva, la que se lo planteó y comió de los frutos prohibidos. Adán la siguió. El árbol no era ni del mal ni del bien, era el árbol de la ciencia. La ciencia es el edificio más sólido del universo.

Hecha esta introducción al regreso del Perseverance, añadió a los datos ya enviados todos los materiales recogidos en el planeta: rocas, arenillas, polvo, aire, etc. En definitiva, material muy importante que cambió paradigmas que se daban por inmutables.

—Por referirme a algo en concreto, baste recordar el mineral encontrado que ha dado resultados espectaculares. Me refiero al mineral Biden. Pues bien, en solo ocho años, estamos aquí mostrando no solo los cambios científicos y tecnológicos, sino que vamos a ser testigos de cómo nos van a afectar los hallazgos que hoy empezamos a mostrar. No me oirán relatar los sinsabores, eso ya ha pasado y ha quedado por escrito en los informes. Hoy ya estamos aquí. Hoy empieza el tiempo de la cultura.

»El 4 de febrero de 2027, despegamos las cinco naves con destino a Marte. Como saben, cada una tenía un destino que nos iba a permitir cubrir todo el planeta. Todas eran autónomas en su gestión, pero todas estaban coordinadas por Universo I, desde donde, según lo acordado, se daban las instrucciones y se recibían los datos de la exploración diaria llevada a cabo en cada uno de los otros cuatro Universo.

»El 14 de febrero amartizamos en las zonas previstas y nos trasladamos a los centros habilitados al efecto. Los tres primeros días sirvieron para adecuar nuestros relojes biológicos, conocer y reconocer las instalaciones que íbamos a ocupar durante 52 semanas.

»El día 17 a la hora marciana prevista, las primeras expediciones nos pusimos en marcha, con una duración de 10 horas cada turno, que irían desde los -25 °C a los 25 °C la primera y de los 25 °C a los -25 °C la segunda, con tres turnos de tres horas cada uno.

»Llegamos a la zona donde el Ingenuity había reseñado los objetos que hemos denominado «estelas funerarias». El primer turno inició el abandono de la nave con cierto miedo a lo desconocido, haciendo movimientos lentos porque, aunque el suelo era firme, este no se veía por el polvo en suspensión. Nuestros trajes estaban diseñados de tal manera que su temperatura era siempre la misma, entre los 20 °C máximo y 16 °C mínimo, pudiendo regularla nosotros. Los medidores de radioactividad de última generación Geiger-Müller marcaban un alto porcentaje de emisiones de iones, desprendidas por las radiaciones ionizantes, que estaban dentro de los parámetros conocidos por las muestras llevadas a la Tierra. Nuestras comunicaciones con la nave de transporte, así como con el resto de las naves del proyecto, eran totalmente claras y no había incidencias a destacar.

»No encontramos ningún rastro de lo que habíamos llamado estelas funerarias o lápidas; nuestra ansiedad aumentaba. Pasaron las tres primeras horas como un suspiro y regresamos a la nave para dejar salir al segundo turno. A la media hora aproximadamente, lanzaron el aviso para que la nave se acercase para despejar el terreno, pues creían haber encontrado un objeto y precisaban limpiar la zona del polvo en suspensión.

»La primera sorpresa nos la llevamos cuando apareció la primera estela funeraria o lápida, porque evidentemente no era una estela funeraria. Aparecieron multitud de objetos que en nada se podían definir como lápidas. Resultaba más acertado definir los hallazgos como televisores de 45 pulgadas.

»Aún no hemos podido identificar los objetos, pero de momento y para poder describir los hallazgos, denominaremos a estos como «pantallas de televisión de 45 pulgadas», que de manera continuada están transmitiendo información tanto visual como sonora. Comprobamos varias y vimos que cada una emitía contenidos distintos. Se tomó la decisión de cargar en la nave como máximo tres pantallas por viaje, dado el alto grado de radiación que emitían. Necesitábamos el estudio individualizado de cada una y mientras no se clasificasen las primeras, no debíamos cargar los laboratorios con más material de investigación. Poco a poco, se llega más lejos.

»Únicamente hemos localizado este depósito. Las otras naves no detectaron material parecido, solo recogieron material geológico y biológico que se valoraría en la Tierra. Cabe señalar que no se ha desistido en continuar con la búsqueda en todo el planeta.

»Regresamos a la base una vez terminado el turno e informamos a los componentes del segundo turno, que ya estaban de camino hacia la ubicación exacta del «yacimiento».

»Ya conocíamos la edad de Marte por los materiales geológicos llevados a la Tierra por el robot Perseverance y la datación no difería mucho de la edad del planeta Tierra, con un margen de error de más o menos 50 a 100 años; en geología, prácticamente iguales. Aunque los datos finales de la edad de los diferentes materiales que se consideron de interés serán validados con más precisión al regreso de la misión en los laboratorios altamente sofisticados, para una primera evaluación se habían instalado en los laboratorios de los centros de trabajo todos los sistemas que, por su fácil manejo, se podían trasladar. Así, se analizó: endrocronología (carbono 14 o detectores de radiocarbono), termoluminiscencia (TL), resonancia magnética spin (RES), potasio-argón (K-Ar), series de uranio, huellas de fisión.

»El dendrocronólogo, los sistemas de termoluminiscencia y la resonancia magnética spin (RES) no se utilizaron al no encontrarse material para su análisis, lo que en un principio despistó a los científicos.

»Conocíamos también los índices de radiación emitidos en la atmósfera marciana, como ya se ha comentado. Por eso se prepararon las salas de limpieza y reducción de los niveles radioactivos a su mínimo posible. Para su manejo, se utilizaron tres modelos distintos. El primero, para el aseo de los trajes y las personas de cada misión. Otro para la limpieza de las pantallas y de las superficies donde se iban a estudiar. Y el tercero, al igual que los túneles de lavado, limpiaba las naves y, si procedía, el material recogido de gran tamaño.

»El asunto de las pantallas fue un tema curioso. Aquí, para entender cómo se asignó la datación, se usaron las fórmulas conocidas hasta el momento, o sea, antes de Cristo (a. C.) y, en su caso, después de Cristo (d. C.). Como dije, fue curiosa la datación efectuada usando los dos sistemas más modernos de los que allí teníamos: series de uranio y huellas de fisión. El resultado fue que las que hemos traído a la Tierra están datadas desde unos 75 000 años a. C. hasta el 2005 d. C. (última pantalla identificada fehacientemente), todo ello a expensas de que los laboratorios nos lo aclaren. Todas las pantallas están construidas de igual forma, lo que llamó la atención dada la gran diferencia de años desde la primera a la última. No tienen cables ni sistemas de encendido o apagado y su estructura es como la de un aparato extraplano, como ya he indicado, de 45 pulgadas. Se supuso que sería la parte posterior, hecha de un material basto que se podría comparar con el diamante por su dureza, en contraposición a lo que llamamos la pantalla, del mismo material pero superpulido, donde permanentemente se están proyectando imágenes y sonidos que más adelante explicaré.

»Creemos que el hallazgo de este material puede considerarse como un centro para el estudio de la vida en Marte, donde pensamos que podríamos encontrarnos ante un descubrimiento de magnitudes desconocidas en aquel momento.

»El primer signo positivo, en opinión de los matemáticos especializados en criptografía, ha sido la identificación de la numeración que se usó en el planeta. Esta tesis se confirma cuando en los estudios previos de las pantallas dedicadas a las ciencias puras (matemáticas, física, astrología…) se ha reconocido, con un alto grado de certeza, que se está ante una explicación científica de multitud de preguntas. Pero no será hasta la vuelta a la Tierra que se proceda a estudios e interpretaciones más atinadas que resuelvan un sinfín de temas que seguro revolucionarán las ciencias.

»En cuanto a la comunicación escrita, se decidió ir ordenando las pantallas en función de los datos que aportaban: pintura rupestre, pictogramas, escritura cuneiforme, jeroglífica, etc., ya que estas fueron las primeras manifestaciones del entendimiento.

»Les voy a dar una explicación previa a cómo vamos a desarrollar el estudio de todas las pantallas. Unas las expondremos en esta Asamblea, pero la mayoría son de temas muy técnicos y van a necesitar la participación activa de los expertos en las materias. Por señalar algunas: matemáticas, física, astronomía, neurociencia, biología, medicina… Como ven, son muchas disciplinas. Sabemos asimismo que el planeta Marte fue abandonado ordenadamente. No conocemos su nuevo destino, pero mantenemos la esperanza y la ilusión de reencontrarnos más pronto que tarde.

»La mayor sorpresa fue la comunicación verbal. Antes de explicarles el hallazgo, escuchen una grabación, pues quiero saber si pueden interpretar lo que oigan. «Diusrcegd…». ¿No? La pondré de nuevo a 33 r. p. m. «Di usr ce gd…». Tampoco, pero porque no somos capaces de creer en la ciencia, esa desconocida, esos datos que tenemos archivados en nuestro ordenador personal, el cerebro. Una aclaración, yo tampoco lo identifiqué, ni prácticamente nadie de los que estuvimos presentes. Nos pasó lo mismo que a Uds.

»Ahora, cuando desvele el sonido, todos dirán, como dijimos nosotros: «Es verdad». Yo no lo identifiqué hasta que no lo dijeron. La fonética que han escuchado es la misma que utilizan todos los bebés del mundo, desde su nacimiento hasta que la cultura que le rodea reconvierte sus sonidos iniciales en el idioma materno. Escuchen de nuevo a la velocidad normal. Tal vez los que sean madres o padres implicados con sus bebés lo reconozcan o lo recuerden. Veo por sus expresiones que sí, pero no ha sido fruto de la casualidad.

»La Dra. en Psicología y en Ciencias del Cerebro, D.ª Laura-Ann Petitto, lleva muchos años estudiando el lenguaje de los bebés de todos los continentes. Lo primero es que todos se expresan igual cuando juegan, ríen, lloran, tienen hambre, les duele algo…, y si quieren mantener una larga conversación con otros bebés o con su entorno. ¿Habéis visto alguna vez que un bebé se haya negado a estar con otro bebé, sea del color que sea? ¿Sea varón o sea hembra? Nunca, hasta que llega lo que hemos llamado cultura y empezamos a separar, porque nos lo imponen. Pues bien, con este avance espectacular hemos dado un salto increíble que va a remover muchas cosas, que va a resolver muchos «misterios de fe».

»Volviendo al mural de Vela Zanetti, hemos iniciado el tiempo de la cultura.

»Por último, quiero resaltar que en la cultura, en la ciencia y en la organización de la convivencia, en definitiva, en la vida cotidiana del planeta Marte fue igualitaria y, si me apuran, más destacada la mujer, pero ellas, más inteligentes, no querían ni sobresalir ni humillar.

»Hoy terminamos aquí esta introducción a la aventura. Mañana nos sumergiremos en ella. Prepárense para sorpresas increíbles. Gracias.

4. Primeros descubrimientos

Martes 24 de septiembre de 2030, 11:30 a. m. Se reanuda la conferencia. Abre la sesión el Dr. Arnold Bekker, que pide escusas por el retraso involuntario y retoma las palabras del día anterior.

—Hoy empezamos a conocer la historia de nuestra humanidad basada en el conocimiento que nuestros antepasados nos han legado. Para ello, comenzaremos la exposición de los datos con un cierto orden que dé sentido al relato.

»La doctora en Ciencias del Cerebro, lingüista licenciada en la Universidad de Moscú y doctorada por la Universidad de la Sorbona, D.ª Ekaterina Sorokin, es miembro permanente del equipo de investigación de la profesora emérita Laura-Ann Petitto, que, como hemos comentado en sesiones anteriores, ha desarrollado un método de interpretación del lenguaje de los bebés. Ella nos relatará cómo se ha conseguido resolver el idioma marciano y transcribirlo a los cinco idiomas más hablados en la Tierra: chino, español, inglés, ruso y árabe.

»Posteriormente, el geólogo chileno D. Antonio Krause, doctorado por la Universidad Católica de Santiago de Chile, descubrirá las causas reales de la gran devastación del planeta.

»Y por último, si el tiempo nos lo permite, hablará el Dr. Logan Trembley, biólogo licenciado por la Universidad de Toronto y doctorado en la Universidad de Harvard, Massachusetts, destacado miembro de la Sociedad por la Ciencia en este organismo (ONU).

»Y, sin más, cedo la palabra a la doctora Ekaterina Sorokin.

—Buenos días. Como ha reseñado el Dr. Bakker, pertenezco al equipo de investigación de Ciencias del Cerebro y el Lenguaje dirigido por la Dra. Petitto. Hemos venido desarrollando, entre otros estudios, una investigación sobre la comunicación y el lenguaje de los bebés, como ya se ha explicado. Por eso, cuando recibimos los discos con grabaciones encontrados en la superficie del planeta Marte, iniciamos la comparativa con el abecedario que ya teníamos descifrado del lenguaje iniciático del ser humano, lo que nos permitió identificar algo más del 80 % del contenido de los discos. Un 17 % de los espacios vacíos se fue completando con las letras que por su lógica, dado el sentido de las frases, se podía identificar sin ningún género de duda. Y el 3 % restante se identificó con la inestimable ayuda de los matemáticos expertos en criptografía. El resultado fue que más del 99,7 % quedó identificado y, por tanto, traducido.

»Por cierto, como muestra de una de las muchas curiosidades, les cuento que no hemos identificado, en todos los documentos sonoros analizados, ninguna palabra que contenga insultos, que sea malsonante ni que suponga amenazas. Curiosamente, hay un idioma en una zona del norte de España y del sur de Francia, el euskera, en cuyos orígenes no contenía ofensas, palabras malsonantes e incluso no existía la palabra *guerra*.

»Quisiera hacerles una demostración de nuestros resultados para que puedan conocer y valorar el esfuerzo. Primero les pondré un disco en marciano, evidentemente manipulando el contenido del mismo con el fin de que se corresponda con la traducción que posteriormente oirán. Por favor, el disco en idioma original: «Blensr padr remsgdr u remsger redn baenjenapsr […] ln dbgdys»

»Ahora, si hacen el favor, el disco traducido. Este sería el mensaje que seguro nos hubiesen dejado: «Buenos días, señoras y señores. Sean bienvenidos a esta conferencia, donde serán testigos de la realidad de su planeta. Queremos que sepan que todos somos una única familia desde siempre en este planeta que habéis llamado Tierra. Gracias por habernos encontrado. Un abrazo».

El silencio se extendió por toda la sala, un silencio emocionado. Transcurridos unos largos segundos, fue roto por una larga exclamación, acompañada de una estruendosa ovación.

Una vez apagados los aplausos, la Dra. Sorokin retomó la palabra.

—El equipo al que represento tiene la seguridad de que en Marte se desarrolló la primera civilización inteligente del universo por nosotros conocido. Hemos traducido todo el material sonoro que se ha recogido hasta la fecha, con lo que a partir de hoy todos los datos nuevos que mis colegas les aporten están avalados por nuestro trabajo de traducción.

»Ahora les dejo en unas manos excelentes, las del profesor de geología Antonio Krause, que no necesita más presentaciones. Quedo a su disposición. Gracias.

Sonó en el auditorio una voz de barítono que saludó con jovialidad al público.

—Buenos días, aunque ya casi sería mejor decir buenas tardes. Si les parece, podemos dejar en estos momentos la charla para después de comer. Tendremos un poco más de tiempo y podríamos retomar a las 16 h la conferencia con las fuerzas repuestas.

Se fueron levantando los congresistas, encaminándose a las zonas de descanso, para esperar a la apertura de los comedores. Todavía resonaba en sus oídos el mensaje presentado por la doctora Sorokin, siendo el tema central de sus conversaciones.

A las 4 de la tarde, como estaba previsto, inició el profesor Antonio Krause su intervención.

—Quisiera en primer lugar manifestar mi gratitud al equipo que tuve el honor de dirigir, compuesto por geólogos, vulcanólogos, astrólogos, matemáticos, ingenieros, sismólogos, meteorólogos…

»Yo solo he venido a ratificar lo ya conocido —dijo con una sonrisa socarrona—. Bueno, parte de lo que dábamos por cierto tendremos que modificarlo, pero ya llegaremos.

»La datación de la edad de la Tierra se corresponde casi al milímetro con los datos que los documentos sonoros que nos han legado los marcianos, por lo que podemos establecer esta en los 4550 millones de años. Esto nos permite confirmar que los dos planetas se formaron por asteroides desprendidos de la estrella que nosotros llamamos Sol y que ellos conocieron como Fuego.

»Como todos Uds. saben, el cambio más espectacular que se tiene como el inicio de la actual estructura del planeta se produjo más o menos hace 63 millones de años, cuando un asteroide de gran tamaño impactó contra el planeta en lo que ahora conocemos como la bahía de Yucatán, en México. Fue una verdad irrefutable, hasta que hemos descifrado los documentos del planeta Marte. Evidentemente, lo que ahora voy a relatar no es ciencia ficción, es una transcripción que no deja lugar a dudas. Desde hace 93 millones de años, los marcianos estuvieron explorando el planeta, e incluso existían colonias habitadas por ellos, pues las atmósferas y las condiciones de habitabilidad eran más o menos parecidas.

»Aquí ya estamos ante la primera teoría que se nos cae. La Tierra estaba habitada tanto por marcianos como por dinosaurios y otros grandes reptiles. No fue un asteroide de gran tamaño el que impactó en el planeta, ahora sabemos realmente lo que sucedió. Una nave espacial que regresaba a Marte con unas 50 personas fue golpeada en la mesosfera por un asteroide, produciendo daños estructurales en la nave y haciéndola caer sobre la Tierra, en la bahía de Yucatán. Ahora que ya conocemos la potencia del mineral que suministraba la energía a la nave, que es al que hemos denominado Biden, entendemos que se produjo una explosión nuclear de consecuencias incalculables.

»Esto que les he relatado está documentado por las conversaciones entre la tripulación de la nave con su centro de control en Marte. Son de un dramatismo espeluznante las conversaciones que durante unos 15 minutos mantuvieron entre ellos.

»El cataclismo producido destruyó todo el planeta según estaba configurado. Todos los grandes reptiles desaparecen y durante 3 millones de años terrestres (1,5 millones de años marcianos) le cubre una nube que impide el paso de la luz del Sol. Sabemos que con cierta frecuencia, a partir de los 2 millones de años, solían enviar naves no tripuladas que iban reconociendo el planeta. Sobre el año 1000 después de la catástrofe, regresaron las primeras expediciones tripuladas, encontrándose una configuración totalmente distinta a la que habían conocido a través de los datos que sus antecesores habían trasladado. Primero, como ya he dicho, los grandes reptiles habían desaparecido, así como cualquier rastro de las colonias que habían establecido.

»El profesor Logan les descubrirá los increíbles cambios biológicos del planeta. Yo continuaré con las asombrosas modificaciones que hasta hoy en día aún subsisten.

»¿Qué se encontraron los marcianos? Un planeta donde el 70 % de su superficie era agua, salada en los cinco océanos y los mares, y dulce en los ríos y los lagos; cinco continentes y dos zonas, una en cada extremo del planeta, heladas (el Ártico y la Antártida), y nuevos animales desconocidos para ellos. La Tierra estaba en permanentes cambios geológicos, climáticos…, cambios que hoy en día siguen produciéndose, como tsunamis, terremotos, erupciones volcánicas, inundaciones, etc. Todos estos fenómenos producen grandes catástrofes. Algunos de ellos se deben al asentamiento de las fallas del subsuelo. Por citar algunas de las fallas más activas, destacaré la falla de Nazca, que converge con la Antártica, en Chile, al igual que la falla Ramón, situada a la altura de Santiago de Chile. La falla de San Andrés, de 1300 km, va de la Baja California (México) al estado de California (EE. UU.). Y también destaca la falla de Yangtzé en China.

»Si los cataclismos causan estragos, no se quedan atrás las erupciones volcánicas. Actualmente hay 18 volcanes en actividad en los cinco continentes y uno en la Antártida. Como curiosidad, por su extensión destaca el Anillo de Fuego, de 25 000 km, que va desde las islas Kuriles (Rusia) hasta Filipinas. Todo lo expuesto y lo que pueda quedar por llegar está modificando teorías y decayendo certezas, ya que los datos son irrefutables.

»Déjenme hacer una mención especial a nuestro satélite, la Luna. Siempre fue fuente de inspiración y también de discusión científica, que es lo que ahora nos trae aquí. La teoría que durante más tiempo ha sido considerada como la más certera estableció que la Luna se formó al mismo tiempo que todo el sistema solar, por la colisión de dos asteroides, uno del tamaño de Marte. Su explicación se basaba, científicamente, en la ausencia de agua.

»La siniestesia (un híbrido entre planeta y disco generado por un impacto) fue una nueva teoría para determinar el nacimieno de la Luna, dada la similitud de su composición con la Tierra. Pero no es hasta el 1 de agosto de 1971 que los astronautas del Apolo 15, David Scott y James Irwin, hallaron un fragmento de la corteza lunar en el que repararon al ver el destello de los primitivos cristales incrustados en lo que se llamaría «Roca del Génesis».

»Quedó para la historia la frase de David Scott: «Creo que hemos encontrado lo que veníamos a buscar». Recogieron 400 kg de roca lunar. Acabaron las discusiones científicas y teorías contrapuestas, ya que con el estudio de los abundantes rastros de isótopos en las rocas, se pudo generar la «huella isotópica». Tenemos que tener en cuenta que según estas mediciones ya sabemos que estas huellas isotópicas son únicas en cada cuerpo planetario del sistema solar, con excepción de la Tierra y la Luna, que son idénticas.

»Con esta constatación científica, que con los datos de la actualidad es certera, se ha desarrollado la siguiente teoría: la explosión nuclear producida por el impacto de la nave marciana contra la Tierra desplazó el eje del planeta, que podría haber supuesto, incluso, su desintegración, pero a la vez produjo la expulsión de asteroides terrestres al espacio. Uno de ellos, de un tamaño considerable, queda capturado por la gravedad del planeta y consigue frenar el desplazamiento y su posible desaparición. Es una teoría, repito. La Luna tiene una importancia determinante en nuestras vidas, divide el día de la noche, controla las mareas de mares y océanos…

»El planeta Marte estaba situado detrás de la Tierra y se trasladaba a su mismo compás, por lo que estaba protegido de la luz directa del Sol. Un año terrestre son 365 días, en Marte 687 días, lo que supone 1,8 años. También sabemos que el día en la Tierra son 24 horas, mientras que en Marte son unas 41 horas.

»Pues bien, como hemos comentado, al desestabilizarse el eje de la Tierra, el planeta Marte quedó desprotegido de la luz directa del Sol durante cuatro meses y los otros cuatro lo estaba en función de la zona donde estuviese situado. De tal manera que la atmósfera protectora del planeta marciano era más débil que la terrestre, por lo que poco a poco pero irremediablemente se fue desertizando, según los datos aportados por los documentos hallados en el planeta.

»Sabemos también que desde hace mucho tiempo primero intentaron buscar soluciones al calentamiento global, consiguiendo reducir en el tiempo la destrucción del planeta, pero no pararla. Se fueron marchando a otras ubicaciones de una manera ordenada, finalizando este éxodo definitivamente en el año 2005 en la Tierra, como ha quedado demostrado con las pantallas recogidas. Esto no es una hipótesis, está refrendado por los documentos que serán estudiados en profundidad por los equipos de expertos designados a tal fin. En un primer acercamiento a dicha documentación, parece tener información sobre los métodos para poder evitar los estragos sufridos por ellos.

»En definitiva, el conocimiento es lo más importante, el saber el porqué y el cómo. Las certezas son la base de la confianza y la seguridad.Y si el conocimiento es compartido, nos da la libertad. Muchas gracias.

Accedió al estrado el profesor Arnold Bekker, que anunció:

—Hoy las conferencias se han retrasado por causas exógenas, por lo que hemos considerado conveniente trasladar la conferencia del Dr. Logan Trembley para mañana a las 9 a. m. Gracias.

5. Marte vs. Tierra

Miércoles 25 de septiembre de 2030, 9 a. m. El biólogo profesor Logan Trembley se ajusta las gafas y con su voz suave y muy bien modulada consigue mantener la atención.

—Buenos días. Vamos a recorrer las realidades de los cambios en el ámbito de la biología que los hallazgos del planeta Marte nos han revelado.

»Si como parece por los documentos encontrados estuvieron en este planeta hace más de 93 millones de años y, por tanto, fueron testigos del gran desastre que causó la colisión de la nave marciana en la bahía de Yucatán, como les ha expuesto mi colega el profesor Krause, creo que debo comenzar por exponer cómo se desarrollaba la estructura social, según los documentos sonoros recogidos por los integrantes de la expedición misión Universo.

»Antes de continuar con la explicación científica del planeta Marte, debo indicarles que el equipo que yo dirigí es quizás el más multidisciplinar, pues lo compusimos arqueólogos, paleontólogos, antropólogos, médicos, expertos en medio ambiente, politólogos… En definitiva, expertos versados en todas y cada una de las materias que abarca el género humano. Gracias a ellos hoy podemos dar a conocer esta gran gesta.

»El planeta Marte se configuraba en cuatro zonas muy definidas llamadas «sólidas», donde también se encontraban, según los documentos, lo que ellos llamaron «zonas de crianza». El resto del planeta era agua, creemos que dulce, pues según los datos se utilizaba para todos los usos diarios: beber, cocinar, lavarse, etc.

»En las denominadas zonas de crianza, residían los marcianos cuidadores, los cuales tenían una gran importancia en la historia del planeta Marte. Como más adelante veremos, les denominaremos «medusas». El relato que hacen de su vida diaria es más o menos parecido a la vida diaria en la Tierra. Evidentemente, nacer, crecer, trabajar, procrearse y morir. La estructura marciana es más o menos parecida a la humana, aunque lógicamente con diferencias que van desde la organización política a la convivencia y de la cultura al deporte, pero no con tanta diferencia como para ser resaltadas. Salvo en la maternidad.

»Hemos comentado que, según los documentos encontrados, había unas zonas de crianza. Pues bien, las mujeres cuando tenían su segunda falta se dirigían a dichas zonas y depositaban el feto en las aguas de las mismas. En ese momento, a dicho feto se le asignaba una medusa cuidadora, quien se responsabilizaba, durante tres años, del desarrollo del mismo. Para ello se valía de sus tentáculos que le proporcionaban el alimento necesario para cada momento de su desarrollo. La madre mantenía contactos periódicos con la cuidadora y al final del ciclo de desarrollo se la entregaba y la medusa quedaba a disposición. La mujer, durante el periodo de desarrollo de su hijo o hija, se incorporaba a las funciones que le correspondían y su vida era tan normal como la de cualquier otra mujer.

»Esta información nos ha sido dada a través de los documentos encontrados en el planeta y hemos hecho un resumen, dado que los grupos de expertos harán un trabajo más minucioso de todos los descubrimientos.

»Aquí y ahora haremos mención a curiosidades genéricas para entender, al menos, un poco mejor cómo era la vida en Marte. Por ejemplo, la población total del planeta era de unos 25 millones de habitantes, distribuidos en las cuatro zonas sólidas, pero con toda libertad de desplazamiento. La vida era de cierta longevidad, superando los 75 años de vida. Hay que tener en cuenta que un año marciano es prácticamente el doble del de la Tierra, por lo que supone 150 años terrestres. Tomemos como ejemplo lo que se dice en la Biblia, el libro que hemos dicho será la referencia para poder hacernos una idea más o menos cercana a la realidad. Según la tradición oral, Enoc, padre de Matusalén, vivió más de 280 años y su hijo superó los 900 años de vida. Pero, como he dicho, es una tradición oral y, por tanto, nada fiable.

»Lo que también hemos podido validar es la organización política de la vida marciana. Se basaba en la existencia de un Consejo Superior, cuya función era deliberar en las discrepancias y emitir resoluciones de obligado cumplimiento, que estaba formado solo por mujeres. Había también una Cámara de representantes mixta, de 100 miembros, con una duración de una década marciana y en la que cada tres años se iban rotando los cargos. Su misión principal era la organización de la vida diaria y resolver, si los hubiera, los conflictos entre los marcianos y marcianas.

»El trabajo era colaborativo y comunitario, avanzado en tecnología. Los estudios comienzan una vez regresan de las zonas de crianza y terminan a los 10 años marcianos, pasando entonces a desempeñar las funciones que en su momento eligieron o les indicaron según sus capacidades personales. Es un sistema que aquí nos resulta poco democrático. Ahora bien, también es cierto que, como ha comentado la Dra. Sorokin, no se conoce ninguna situación de conflicto.

»De los documentos que nos han facilitado, en la organización general del planeta no se ha encontrado ninguna diferencia entre el hombre y la mujer significativa, salvo en la organización del Consejo. Los antropólogos creen que la mujer era portadora de un gen, lo que aquí llamamos sexto sentido, que las hacía más racionales y las dotaba con una sensibilidad distinta, ni mejor ni peor, distinta.

»Hacemos una pausa para comer y a las 4 p. m. nos volveremos a ver.

A las 16 horas se reanuda la conferencia. El profesor Logan inicia la misma.

—Recordemos que dejamos la historia con el conocimiento que nos han legado los datos de los marcianos. Empezaremos ahora desde la certeza de la explosión de la nave. Las consecuencias geológicas ya las hemos conocido en la ponencia del profesor Antonio Krauser. Lo que ahora vamos a hacer es ir analizando las consecuencias biológicas y paleoantropológicas.

»Como relatan las traducciones de los documentos sonoros, se ha calculado que unos 1500 millones de años transcurrieron en Marte antes de que pudieran regresar a la Tierra nuevas expediciones y comprobar las consecuencias producidas. Eran conscientes de la destrucción de todo vestigio de la vida que habían conocido. Evidentemente, en ese largo periodo de tiempo también habían avanzado en el desarrollo de todas las tecnologías. Sabían que partían de cero y que deberían empezar nuevamente el proyecto que antiguamente habían iniciado sus antecesores.

»El equipo quiere hacer un comentario referido a los escasos datos que tenemos de lo que ahora estamos divulgando, y salvo que en un futuro se encuentren otros datos o documentos que amplíen esta nueva cultura, no especularemos ni expondremos opiniones que puedan llevar a la teorización de actos no confrontados científicamente. Por ello, estos relatos están basados exclusivamente en los datos conocidos y hallados en el planeta Marte. Si en algún momento de la exposición no se tiene confirmación científica de su realidad, se hará mención expresa a que es una suposición asentada en la lógica pero sin base científica alguna. Dicho esto, ahora vamos a relatar lo que se encontraron a su vuelta a la Tierra.

»Cuando volvieron a pisar la Tierra, encontraron un planeta totalmente desconocido respecto a los datos que tenían de sus antecesores. Así, y por relatar alguna diferencia, cabe destacar los cambios que a diario se producían: terremotos, tsunamis, tormentas, erupciones volcánicas, desaparición de tierra firme absorbida por las aguas o por el fuego, aparición de nuevos sistemas montañosos e islas, y unas largas y desconocidas modificaciones debidas a los desarreglos geológicos del planeta que permitían poder considerar que la vida se podía reiniciar. Pero las sorpresas que les iba a proporcionar la nueva situación estaban por llegar.

»Quiero advertirles de que vamos a entrar en una fase que, por increíble que parezca, es la realidad confrontada documentalmente. De hecho, la estupefacción de los marcianos no fue menor que la que van a tener ahora Uds.

»En su expedición de reconocimiento y búsqueda de posibles restos que les diesen explicaciones a las sucesivas variaciones, encontraron, según relatan, un ser peludo al lado de un río, acompañado de otro más pequeño que se movía desacompasadamente. Se acercaron y, al verse descubierto, el ser peludo intentó marchar. Lo curioso se produce cuando los marcianos le dirigen la palabra, con tono suave para no asustar e infundir confianza, y observan que les contesta el ser pequeño; el bebé entendió el idioma. Su madre, asombrada, mira a los dos. El bebé está tranquilo y mira fijamente, relata en su informe el marciano y continúa explicando que el bebé, con evidente escasez de vocabulario pero suficiente, les indica dónde pueden encontrar más seres como ellos. La madre les condujo hasta el poblado. A través del idioma universal, el de signos, fueron construyendo la historia y por ello confirmaron que eran descendientes directos de los marcianos que consiguieron subsistir.

»Una teoría que manejaron los «científicos» marcianos fue que, posiblemente, los fetos que estaban en el proceso de desarrollo depositados en las aguas fueron evolucionando según su genética, con la dificultad de no tener referentes que les diesen instrucciones de supervivencia. Los más fuertes fueron sobreviviendo, además, con evoluciones físicas e intelectuales que les permitieron subsistir, como, por ejemplo, una de las más importantes que se realizó para asegurar la supervivencia de la especie, de la que hablaré más adelante.

»Ya se sabe que la destrucción del planeta fue tan brutal que los seres vivos desaparecieron, todos salvo los que vivían o estaban en las zonas más profundas de las aguas. Los fetos que ya estaban a punto de incorporarse a su entorno, o sea, prácticamente bebés formados físicamente que ya se alimentaban por sí mismos, sobrevivieron en las aguas profundas de aquel planeta. Con la ayuda de los marcianos acuáticos (medusas), permanecieron y se fueron reproduciendo en el agua, hasta que las condiciones exteriores se fueron despejando. Aún tardaron unos años en salir a tierra firme.

»Por no alargar el relato, haré solo mención a los datos más sorprendentes. Por ejemplo, en la memoria colectiva se tenía el conocimiento del desastre producido y eso hizo evolucionar, entre otros muchos aspectos, el modo de la reproducción de las especies.

»El miedo y la angustia que padecieron sus antecesores por las pérdidas de sus padres, hicieron posible una mutación en su cuerpo que les permitió gestar sus hijas e hijos autónomamente, desoyendo las indicaciones de sus cuidadoras las medusas, que viendo y comprendiendo su decisión inamovible, las van a ayudar. Para ello, estas recubren internamente su abdomen formando un recipiente fuerte, flexible e impermeable, lo que hoy día conocemos como útero. Cuando se produce el momento de la gestación, se genera un líquido suficiente para mantener su criatura protegida y alimentada. Aquí suponemos, sin ninguna base científica, que se trataría de un líquido cuya composición será como la de las aguas de aquellas zonas de crianza. Ese agua nosotros la hemos denominado «líquido amniótico». Pero, además, las medusas las ayudaron a replicar dentro de ellas el modo de poder llevar la energía a la criatura, copiando el método que usaron aquellos marcianos acuáticos que con sus tentáculos mantenían vivos y hacían crecer los fetos depositados en el agua. Para ello, desarrollaron un tentáculo por el que circulaba el torrente sanguíneo entre madre e hijo, lo que conocemos como «cordón umbilical».

»Sucede lo mismo en los animales, principalmente terrestres, que también evolucionaron. Antes de la Gran Catástrofe, todos eran ovíparos, a excepción de los *Plesiosaurios*, que fueron vivíparos. La explosión nuclear causó la desaparición de los grandes reptiles y otros animales, con algunas excepciones, como, por ejemplo, el cocodrilo, la esponja marina o el tiburón anguila.

Otras especies sufrieron transformaciones y ahora parecen más monstruos que animales: la tortuga caimán, los pelícanos, los mixinos, el ornitorrinco, el esturión o la rana pintada de Hula. Curiosamente, el hábitat principal de todos estos animales es el agua.

»Como hemos visto, a parte de la impresión que les causaron los humanos, también les llamó la atención, según consta en los audios, la flora. Descubrieron plantas desconocidas respecto de las que recogían los datos que conservaban de las anteriores expediciones de sus ancestros. La evolución de la flora se va desarrollando a través de los líquenes y de las algas en las aguas.

»En fin, que esta breve exposición valga para despertar el interés por lo que se ha descubierto y nos anime a seguir investigando en busca de la verdad científica.

Levantó la vista de los documentos, con el ánimo de despedir la jornada, y vio a un hombre levantado y con la mano en actitud de pedir la palabra.

—Perdone, cuando me meto en mi posición de enseñante, me olvido del entorno. Por favor, plantee su pregunta.

—Quisiera pedir permiso para acercarme al estrado.

—Por supuesto —dijo con una sonrisa el profesor Logan—, acérquese.

—Perdón por mi intromisión. Soy Ángel García Ruiz, doctor en Psiquiatría Forense. A la vista del relato del Dr. Trembley, no puedo por menos que hacerles partícipes de una experiencia personal que tuve hace más de quince años.

»En el año 2014, la Sala de lo Civil del Tribunal Superior de Valencia solicitó del departamento forense el preceptivo informe para declarar, o no, incapacitado civilmente a un ciudadano a petición de su familia por un comportamiento que estaba produciendo un grave deterioro en el patrimonio familiar y que perjudicaba los intereses de tres menores, sus hijos.

»Le visité en varias ocasiones, las primeras en el Hospital Provincial, en el servicio de Psiquiatría, donde tuve acceso a su historial médico. Varón de 48 años, sin antecedentes de ningún tipo de enfermedad ni de taras físicas o psíquicas, no fumador, bebedor social y desarrolla una vida sana y ordenada. Como primera impresión, no había nada que determinara su posible incapacidad civil.

»Antes de la entrevista personal, leí la demanda. Textualmente decía: «Personada D.ª xxxx, en calidad de cónyuge de D. xxxx, asistida por la letrada D.ª xxxx, en representación de la demandante y de los menores, xxxx de 16 años, varón; xxxx de 13 años, hembra y xxxx de 5 años, hembra. El demandado está asistido por el letrado D. xxxx. Se solicita la incapacitación civil de D. xxxx, ya que desde hace más de un año ha desatendido sus obligaciones, tanto profesionales, dado que está comprobada la desatención del negocio del que es titular y copropietario con su esposa y actual demandante, como sus obligaciones familiares, causando un perjuicio psicológico y económico. Toda vez que no solo ha dejado de atender sus obligaciones laborales mínimas, sino también el dispendio del capital social y del patrimonio familiar. Por ello, se solicita la incapacidad civil de D. xxxx, sin perjuicio de que se le asigne la cuantía de 3000 € mensuales para sus gastos personales, así como la custodia del hijo y las hijas a su madre D.ª xxxx, sin perjuicio de la revocación de esta petición en el mismo instante que D. xxxx recupere sus aptitudes anteriores al deterioro por el que ahora pedimos la protección».

»Más o menos esos eran los términos de la demanda. Al día siguiente, tendría la primera visita presencial.

»Nos encontramos en una sala amplia y luminosa en la quinta planta del Hospital de Valencia. Nos hizo las presentaciones el jefe del servicio de Psiquiatría y nos dejó solos. D. xxxx vestía de *sport*, con gafas bifocales. Yo sabía que tenía 48 años, pero la apariencia los sobrepasaba en más de diez. Su aspecto era de tranquilidad, afable, sonriente; en definitiva, si no conocías sus antecedentes, su apariencia era la de un hombre culto, normal tirando a elegante. Con el fin de iniciar la conversación, comencé por preguntar si sabía el motivo de mi presencia. «Por supuesto», me dijo, «mi familia y, en especial, mi mujer, que ya le anticipo que no existe conflicto alguno. De ser ella la que estuviese pasando el infierno que sufro, yo hubiese hecho lo mismo en defensa de los intereses de nuestros hijos».

»Me abrió el camino para transitar por sus padecimientos y me hizo muy fácil mi trabajo. Tuvimos varios encuentros, tanto en el hospital como fuera, llegando a tener una buena amistad. Ya les anticipo que mi informe al señor juez fue que debería ser incapacitado civilmente para el control y disposición de su patrimonio, sin ningún tutelaje o control especial, al no observar riesgos contra su integridad. Fue declarado inhábil y su esposa como tutora, a petición del mismo. Mi amigo, a los dos años, salió a bucear, que era su pasión, y desapareció.

»Hecha esta introducción, les contaré aquella conversación que tuvimos, sobre la que giraron muchas de nuestras conversaciones. Mi amigo me contó su historia así…

—El 8 de mayo de 2012 era martes. Me acuerdo porque ese día lo tomé libre, pues había estado en Francia en la presentación del último modelo que sacaba la marca y mi empresa estaba expresamente invitada por tener los mejores resultados tanto en ventas como en satisfacción de los clientes de toda Europa. Fue una semana intensa y muy agradable de visitas, cenas y teatros, que tuvo un colofón inesperado, pues el Consejo de Administración reconoció la labor de la empresa con dos actuaciones que me sorprendieron. La primera, una prima para la empresa de 300 000 euros, que se repartieron entre los 157 trabajadores en igualdad de condiciones para todos. Y el segundo acuerdo fue ofrecerme la dirección de la marca en España, con dependencia directa de la Dirección General en París y del Consejo.

»Había regresado el sábado y el lunes convoqué al equipo directivo y a los representantes sindicales para transmitirles las buenas noticias. Me tomé el martes como día libre; quería ir a bucear solo y disfrutar del silencio. A las 9 de la mañana me embarqué en mi lancha. La mar estaba tranquila y hacía un día mediterráneo, o sea, precioso. Me alejé de la costa algo más de lo habitual. Aunque me gusta notar el agua en mi piel, por precaución, cuando me pongo las botellas de oxígeno, también me coloco el neopreno, con toda la parafernalia de medidores, relojes, etc. necesarios por seguridad. Serían las 11 de la mañana cuando me sumergí. No te voy a describir el espectáculo que se ve y que se siente. Hay que hacerlo, no hay palabras. Pero voy directo al tema. Aquí tengo que reconocer que no sé cuánto tiempo había transcurrido ni qué pasó después.

»Me rodearon, de repente, muchas medusas, transparentes, rojas, amarillas. No te puedo decir con exactitud, pero sé que nunca había visto tantas y tan variadas juntas. Tengo que reconocer que me asusté. Ahora viene lo increíble, y soy consciente de que por eso estás aquí. Ángel —me dijo—, no sé cómo empezar. Es todo tan increíble.

—No te preocupes ni te desesperes, todo irá fluyendo poco a poco. No tenemos prisa. —Me interrumpió iracundo con una mirada desencajada que me inquietó; estaba fuera de sí.

—¡Eso es lo que tenemos que tener, prisa! ¡No nos queda tiempo! —Me callé y esperé sin hablar a que se fuese serenando—. Perdona —me dijo—, no es esta mi forma de hablar, nunca. Las medusas que me rodeaban se abrieron y pasó una más grande. Aunque te parezca increíble, me habló pidiéndome que no temiese nada y me dijo que, por favor, la acompañara. Acepté, no sin cierto temor, pero con expectativas de saber qué conocería. Fíjate que ahora que lo cuento, no había reparado en que manteníamos una conversación tranquila y como si nos conociésemos de siempre. Iniciamos un viaje a las profundidades abisales. Se iba oscureciendo el mar hasta dejar de ver luz alguna y le dije a la medusa que me guiaba que estaba un poco inquieto porque no saber dónde me metía no me gustaba. En ese momento, se encendieron en su cuerpo unas luces que nunca había visto. Hasta que llegamos a un lugar donde varias medusas enormes reunidas con otros, si tuviese que definirlos, monstruos marinos nunca vistos, al menos por mí ni por nadie que haya dado fe de los mismos. Todos producían su propia luz, más o menos intensa. Destacaba una medusa de un tamaño similar al de un edificio de 5 plantas. De alguna manera, o era la líder del grupo, o su portavoz.

»Con una dulzura exquisita, me pidió escusas por las molestias, pero que no se podía dejar pasar más tiempo sin que los habitantes de la Tierra no supiesen el desastre que se avecinaba en todo el planeta. Me dijo que estaban contactando con seres terrestres en todas o casi todas las costas para hacernos partícipes del colapso que se avecinaba si en menos de 50 años no se había detenido y restaurado el entorno marino, y que para eso se tenían que cambiar todos los parámetros actuales. «Se puede vivir sin destruirnos. Mira aquí, donde ahora estamos. ¿Te parece limpia?», dijo haciendo un barrido de la luz que portaba. «Fíjate en aquel octópodo», me pidió señalando un enorme pulpo, «está muriéndose, y no por causas naturales. Este octópodo se ha envenado con los residuos que derraman los barcos: los petroleros que limpian sus depósitos una vez descargados en los puertos, los pesqueros que dejan sus artes y sus redes sin ningún miramiento, los mercantes y los de pasaje, sean o no de cabotaje, que arrojan todo tipo de basuras. Y no digamos las playas, ríos y cloacas que desembocan en el mar con todo tipo de basuras, productos químicos, etc. Pero no queda solo en esto los daños. No sois conscientes de que este mar es un cementerio humano, que además de la tragedia que se ocasiona, influye en nuestro ecosistema. No me voy a extender mucho más. Sabéis que se están enterrando en el mar millones de productos radiactivos que regresan a los humanos en la cadena alimentaria. Te decía que te fijases en el octópodo que se muere porque sus alimentos llegan envenenados. A muchas otras especies les está pasando lo mismo. ¡No nos queda tiempo! Por eso te hemos escogido a ti como nuestro portavoz. Sabemos de tu respeto por el medio marino y si unimos nuestras fuerzas quizás podamos revertir esta situación. Ahora regresa a tu medio natural y cuenta lo que has visto y lo que te hemos contado. No queda tiempo que perder. Vamos irreparablemente a la destrucción. Gracias por escuchar».

»Después de escuchar a aquella medusa, contesté: «Antes de irme, solo quiero haceros una promesa formal: haré todo lo que esté en mi mano para luchar contra esta injusticia». Me acompañó la medusa guía a la superficie, subí al barco y observé que había estado casi doce horas desaparecido. Me comuniqué con el servicio de salvamento marítimo por si tenían algún aviso de búsqueda, como así fue. Pedí que lo desactivasen y regresé al puerto, donde ya me esperaban mi esposa y mis hermanos, con los que me disculpé y les dije que, por favor, al día siguiente hablaríamos. Cuando quedé a solas con mi mujer y le referí lo sucedido, evidentemente no me creyó y me pidió que no lo contase, que era una mentira tan burda que, o me tomarían por loco, o creerían que era para tapar una aventura.

»Tomé la decisión que creí correcta y monté la campaña que ya conoces y que, con menos de un año, me habéis obligado a parar, de momento.

Volviendo al presente, tras relatar la historia contada por su amigo, el hombre fue terminando su intervención:

—Fue la última vez que le vi. A la semana, su mujer me comunicó su desaparición. Había salido solo en el barco y había dejado una carta a su mujer y a sus hijos de despedida, pues, según les dejó escrito, volvía al mar.

»He contado esta historia de la que fui testigo porque, con los detalles y pruebas irrefutables que hemos escuchado hoy, sinceramente creo que me confundí con el certificado emitido al juez.

»Reitero mi petición de perdón por la intromisión, pero creo que este relato confirma a las medusas ciudadanos del mar de Marte. Muchas gracias.

El profesor Logan Trembley tomó la palabra y manifestó:
—Con los conocimientos adquiridos últimamente y con su relato, no cabría razón alguna para no declarar a las medusas marcianos acuáticos. Gracias.

6. Las estelas funerarias

Jueves 26 de septiembre de 2030, 9 de la mañana. La sala de la Asamblea General de la ONU tiene su aforo a rebosar. Se han superado las previsiones y se han tenido que habilitar otras salas con circuito cerrado de televisión, pues hoy, o quizás mañana, según los corrillos informales, se hará un anuncio importante para la humanidad. Además, se verán por vez primera las pantallas que el Ingenuity había fotografiado.

Abre la sesión el secretario general de Naciones Unidas, el zimbabuense Mazanu Chamapiwa, que confirma los rumores.

—Buenos días. Mi presencia en esta sala el día de hoy no es para dar buenas nuevas. Pero como responsable de todos los proyectos Universo que hemos desarrollado, les informo de que ayer perdimos las comunicaciones con el Explorer Venus, que se ha desintegrado. Se cree que ha sido debido a la intensidad calórica del planeta, pero se está revisando. También, de momento, se ha perdido el contacto con el Explorer Júpiter. En este caso, al ser el planeta de mayor tamaño, no sabemos si se debe a zonas oscuras u otras circunstancias. Lo estamos investigando. Respecto al Explorer Saturno, continúa sin incidencias su trayectoria. En definitiva, quiero transmitirles que los proyectos siguen adelante y que estos sucesos nos alientan para continuar luchando por el conocimiento y por la ciencia.

»No estaba prevista mi intervención para el día de hoy, pero como sabíamos de su interés por lo que se está relatando, consideramos conveniente que supiesen de forma inmediata también los fracasos, que nos hacen más fuertes. Hoy serán testigos de la razón de este cambio mundial: el visionado de las pantallas recogidas en Marte, si como esperamos todo continúa como estaba diseñado. Mañana será la ceremonia de clausura de estos actos generalistas. Y se continuarán las jornadas, como estaba previsto, para el estudio concreto de cada uno de los hallazgos encontrados, destacando: matemáticas, física, ingeniería, astronomía, informática, robótica, inteligencia artificial, neurociencia, ciencias de la naturaleza… Los resultados que se obtengan determinarán nuestro futuro.

»Lamento las noticias, aunque creo que de los fallos y de los errores se aprende más que de los aciertos, que a veces son debidos a la fortuna, que también juega. Gracias por su atención. Les dejo con el doctor Arnold Bakker.

—Buenos días —saluda el Dr. Bakker—. En primer lugar, quiero agradecer al secretario general la transparencia, así se evitan especulaciones y malentendidos. Lamento los fracasos, aunque, como dijo el Sr. Chamapiwa, nos hacen más fuertes.

»Como todos sabemos, en las fotografías que envió en 2021 el Ingenuity se observaron unas imágenes que parecían estelas funerarias o lápidas, lo que, afortunadamente, y recalco, afortunadamente, provocó que hoy estemos aquí siendo testigos de una realidad científica e irrebatible: quiénes somos, de dónde venimos, qué hemos hecho y a dónde queremos ir. Las preguntas que siempre nos hemos planteado. La respuesta a quiénes somos ya la conocemos; de dónde, hoy despejaremos algunas incógnitas, y del qué es lo que tendremos que averiguar, o bien nosotros, o las generaciones que nos sucedan.

»Por favor, la primera pantalla.

Un «¡oh!» de asombro unánime sonó en las salas. Era, efectivamente, una especie de pantalla de televisión, pero no era tal. Su forma, extraplana, parecía una hoja de papel y se distinguía con una nitidez nunca vista. No era una pantalla de televisión, pero estaba emitiendo imágenes continuamente.

El profesor Arnold Bakker dejó pasar unos minutos para que todos pudiesen valorar por sí mismos la importancia del hallazgo. Una vez acallados los murmullos, retomó la palabra.

—Bien, como pueden observar, se trata de imágenes de pintura rupestre. Todos reconocerán más de una, bien porque las hayan visitado, o bien porque las hayan estudiado. Están en todos los continentes y todas tienen denominadores comunes, como pueden ser: los animales que formaban parte de su entorno, los actos de su rutina, la caza, los niños, las mujeres, la comida, los ritos; en definitiva, su vida diaria. Sobresalen figuras y artefactos que la arqueología, con el fin de poder diferenciarlos de las figuras más habituales, acabó por denominar como extraterrestres y naves no identificadas; cuestión esta que los documentos sonoros que acompañaban a las imágenes dio la razón, pues confirmaron que eran marcianos y sus naves para el traslado en el planeta. La morfología de los marcianos en las pinturas rupestres nos permite acercarnos cada vez más hacia su apariencia, pues estamos en continua evolución de nuestro aspecto, y seguro evolucionaremos más aún en generaciones posteriores.

»En esta fase inicial de adaptación al nuevo medio en la que se encontraban los descendientes de los marcianos, las instrucciones que traían eran las de ayudar en el descubrimiento de las nuevas situaciones. Como uno de los intereses que los científicos marcianos más les interesaba estudiar era la evolución, fueron obteniendo muestras varias de estos descendientes. Les iban estimulando para un buen desarrollo. Una de las labores emprendidas fue el hacerles participar en actos de carácter individual y en trabajos colectivos, y les pidieron que reflejasen sus experiencias a través de la pintura aprovechando los materiales que el planeta les ofrecía. Poca narrativa acompaña a esta pantalla, pensamos que la comunicación aún no era suficientemente fluida y se entendían más por lenguaje de signos.

»Yo les recomiendo, a mi juicio, que si pueden conozcan al menos nueve enclaves del arte rupestre que no deberían perderse: las pinturas de Laas Gaal, en Somalia; la sierra de Capivara, en Brasil; el refugio de roca de Bhimbetka, en la India; el Parque Nacional de Kakadu, en Australia; la cueva Magura, en Bulgaria; la Cueva de las Manos, en Argentina; Tadrart Acacus, en el desierto del Sahara, Libia; la cueva de Altamira, en España, y las pinturas de Lascaux, en Francia.

»Como hemos relatado anteriormente, en muchas de las pinturas rupestres se identifican naves espaciales. Asimismo, reconocemos en las pinturas rupestres figuras o rostros de marcianos, como ha quedado acreditado. Mi duda, que les planteo a todas y todos ustedes, es la siguiente: en 1893, el pintor noruego Edvard Munch, ¿pintó uno o varios extraterrestres en su fámoso cuadro *El grito*? O el pintor español Salvador Dalí, ¿también los pintó en el siglo XX en muchas de sus obras?

»Hagamos un descanso y después de la comida, a las 4 de la tarde, nos volveremos a encontrar.

Vuelve el profesor Bakker con la exposición de los datos que constan en los audios, comenzando por la duda que se formulan los marcianos.

—En este primer encuentro, dicen, nos planteamos, viendo que el avance era correcto, la posibilidad de hacerles partícipes de los conocimientos que nosotros ya teníamos, pues no dejaban de ser nuestros iguales. Se lo trasladamos al Consejo y nos comunicaron que mejor no, pues las evoluciones de su organismo deberían ir habituándose poco a poco al nuevo entorno. Eso sí, nos indicaron que les fuésemos acompañando desde la inteligencia emocional en su lógico desarrollo. Por ejemplo, que aprendiesen a proporcionarse el fuego, pareciendo siempre que era un avance de ellos, no una ayuda nuestra. También ponerles ante la posibilidad de avanzar en el mejoramiento de las armas de caza, pasando de la simple maza o palo de madera a ir añadiendo piedras afiladas, como cuchillos, para despellejar y cortar más fácilmente la carne o puntas de piedra que, sujetas en los palos con lianas, les permitían cazar a mayor distancia evitando peligros para ellos. En definitiva, mejorar pero desde su entendimiento.

»Hicimos otra cosa que supuso un hito en el desarrollo del grupo. Les dimos una idea que les cambió totalmente sus costumbres, tan sencilla como práctica y revolucionaria. Les aconsejamos cortar unos árboles en los que, tumbados en el suelo, pudiesen colocar encima la caza del día y que después podrían empujar entre todos para acercar la caza a las cuevas, lo que permitiría aprovechar las pieles para cubrirse del frío y tener los alimentos más cerca, evitando que fuesen devorados por otras alimañas. Pero no solo serviría para trasladar la caza, también sería útil para otros movimientos de la tribu. En definitiva, que idearon el invento, o al menos uno de ellos, más importante de la historia, lo que más tarde la arqueología dio por llamar la rueda —añadió el doctor Bakker—, modulando su cerebro para cuestiones cada vez más difíciles. O sea, usando la mente unimos la supervivencia, el arte y la ciencia.

»Por favor, segunda pantalla: la escritura.

En este momento, el profesor Bakker cambia de pantalla y manifiesta:

—Hemos visto la relación de los marcianos en la evolución de nuestra especie, ayudando a transmitir sus vivencias a través de la pintura e iniciándose en la ciencia. Ahora vamos a visionar la evolución de la escritura, a la vez que oiremos sus inquietudes y dudas que produjeron esta decisión, la cual debió ser un gran avance para la comunidad. Pero veremos cómo en aquel momento no fue tal y durante muchos siglos fue causa de discriminación entre las personas por razón de sexo y condición social.

»En un momento determinado, los marcianos —continúa el relato— estábamos repartidos por todo el planeta. Comprendimos que deberíamos iniciar una relación entre las distintas tribus y, para no interferir en el desarrollo natural de las mismas, decidimos, como si de una manera lógica se tratase, trasladar las pinturas de las cuevas a otras formas que permitiesen ser llevadas fácilmente. Por lo que deciden que se inicie la primera forma de expresión escrita, que se conoce como pictograma. Fue acogida con satisfacción en la mayoría de las tribus.

»Curiosamente, una parte de los hombres dejan de ir a la caza, con el consentimiento de toda la comunidad, y se dedicaron a reproducir los pictogramas, pues habían comprobado que estos podían cambiarlos por abalorios desconocidos, por animales domesticados, es decir, que eran útiles para cubrir sus necesidades. Aquí hubo un primer conflicto que no supimos resolver. El primer error fue que las mujeres propusieron ser las encargadas de la reproducción de los pictogramas, pero las funciones que habían asumido (la maternidad) les impedía una manipulación con la rapidez necesaria. No fuimos lo suficientemente hábiles para evitar esta primera injusticia y las condenamos a un ostracismo intolerable.

»Se aprendía a una velocidad vertiginosa y ya se demandaban otras formas de relación entre ellos. De hecho, sin nuestra intervención inventaron un sistema para contar los pictogramas que entregaban y apuntar cuánto recibían a cambio. Así, por ejemplo, un pictograma lo podían cambiar por dos peces y lo marcaban con una ralla y al lado dos peces; era un dibujo fácil. Eso nos llevó a plantearnos unos sistemas que sirviesen para comunicar el qué y el cuánto de una manera sencilla pero útil.

»Segundo error. Se enseñó este modo de comunicación a grupos reducidos de hombres que adquirieron el compromiso de enseñar a todo su entorno a interpretarlo y a usarlo. Al principio se fue dando la información a las generaciones de hombres más jóvenes, pero sabemos que se fueron modificando los grafismos iniciales, como una necesidad de identificación con el entorno. Nace así la fonética, una letra, un sonido.

»En ese momento pensamos que no éramos capaces de unificar el planeta y así se lo hicimos saber al Consejo, que nuevamente nos pidió que no interfiriéramos, ni en los avances, ni en lo que nosotros considerábamos errores. Nos lo dejaron muy claro: «No podéis modificar el destino de unos seres que ya no son como nosotros. Eso no quiere decir que les dejéis desamparados». Como consecuencia de estas diferencias, la tradición oral fue relatando las dificultades de entendimiento hasta convertirse en leyenda. Esta tradición oral se vuelca en unos escritos que, para la mayor parte de las sociedades, se convierten en una verdad inamovible, lo llaman las Sagradas Escrituras. Relatan que todo lo sucedido fue un castigo de un Ser Supremo que se enfada porque los hombres quieren hacer una torre para hablar con él cara a cara y entonces la destruye, confundiendo sus lenguas. Lo llamaron la torre de Babel. Ya está resuelto el problema. El Ser Supremo establece cómo y quién habla o no de una manera o de otra.

»Los sacerdotes, magos, chamanes, etcétera, es decir, aquellos que tenían la posibilidad de modificar la historia, fueron los que consiguieron hacer un relato con visos de verosimilitud para hacer creíble a sus gentes el poder de un Ser Superior y que ellos eran sus enviados. En consecuencia, aquí iniciaron la utilización, en su beneficio, del conocimiento, lo que nuevamente indignó a los marcianos.

»Las siguientes pantallas son muy técnicas. Como conocen, tendrán sesiones concretas en función de sus propios intereses, a las que ya se han apuntado, y que se desarrollarán en distintos lugares del planeta. Por hoy damos terminada la sesión de las jornadas generales de la razón y del porqué de esta aventura en la que nos hemos metido.

»Hoy el secretario general nos ha dado dos noticias que hubiésemos deseado que no se produjesen, pero también hemos aprendido de nuestros antepasados marcianos que no está en nuestros genes la rendición. Antes bien, estos incidentes nos estimulan para conocer cómo superar las adversidades, como hicieron hace casi 60 000 años nuestros hermanos.

»No se pierdan mañana, a las 10 de la mañana, el mensaje que nos han dejado en el planeta Marte antes de abandonarlo. Muchas gracias y descansen bien.

Un fuerte aplauso resonó en todo el edificio.

Epílogo

27 de septiembre de 2030, 9:45 a. m. Todas las salas del edificio de las Naciones Unidas están llenas. Hoy es la clausura del Congreso Central de presentación de los hallazgos en el planeta Marte, con motivo de la expedición científica llevada a cabo entre los años 2020 y 2022. Se ha tratado de una presentación más dirigida a conocer las sociedades a través de la antropología, la historia, la sociología, la lingüística… A partir del próximo mes se abren el estudio y los debates de cada una de las distintas disciplinas más técnicas, por ejemplo, matemáticas, física, astrología, robótica, informática, inteligencia artificial, neurociencia, medicina, ciencias de la naturaleza…, y se desarrollarán en distintas partes del mundo.

Pero hoy se va a dar a conocer un mensaje de los marcianos que, según dicen, hará referencia a nuestra historia y nos animará a la búsqueda de un futuro que nos acerque a ambas culturas. En fin, todas las expectativas están abiertas. Quedan 15 minutos para iniciar la sesión y ya está todo lleno.

Ya están en la sala todos los dirigentes de los distintos países o coaliciones de los mismos que en los últimos años se han producido. También asisten los altos representantes de todas las confesiones religiosas más influyentes. Asimismo, están presentes organizaciones que por su interés social, científico o cultural son representativas en la sociedad. Unidos a una sola señal, la de la ONU, también emiten, gratuitamente, todos aquellos medios que así lo han solicitado, sea cual sea su formato de transmisión de la información.

10:55. Entran en la sala el secretario general de las Naciones Unidas, el zimbabuense Mazanu Chamapiwa; la presidenta de los Estados Unidos de América, Kamala Harris, y el director y coordinador del Congreso, el Dr. Arnold Bakker.

—Buenos días —saludó el secretario general de la ONU—. Hoy venimos a clausurar este I Congreso Mundial, donde nos hemos asomado al inicio de todo el material que, a día de hoy, se ha recogido en el planeta Marte a través del programa de investigación espacial Universo, que en su día nos pidieron liderar todos los países.

»Comienzo con el agradecimiento más sincero a todas las mujeres y a todos los hombres de la Tierra, pues sin su complicidad y su ayuda no hubiese sido posible este final y el comienzo que hoy iniciamos. Pero quisiera, al menos, destacar a los artífices de este momento. Por la ciencia, a la doctora Trujillo, directora del proyecto y de la misión Marte, y diseñadora del robot Provence.

Un fuerte aplauso obligó a la Dra. Trujillo a levantarse y agradecer el merecido reconocimiento.

—A la doctora Mohan, diseñadora y responsable del helicóptero Ingenuity, quien nos envió las ya famosas estelas funerarias.

Se repiten las ovaciones y una mujer menuda se levanta y saluda inclinando el torso y juntando sus manos a la altura de su pecho.

—Al secretario general de la ONU, el Sr. António Guterres, que no dudó en aceptar el reto y poner en marcha todos los medios a su alcance para alcanzar los objetivos.

Nuevamente, una catarata de aplausos llenó la sala y se levantó António Guterres, mayor, ágil, que sonriente como siempre agradeció el homenaje.

—Por último, a la presidenta de los Estados Unidos de América, Kamala Harris, por tres razones. La primera porque en ella podemos rendir el eterno homenaje al presidente Joe Biden. —Retumbó al unísono una duradera ovación que hizo callar a Mazanu. Cuando se aplacaron los aplausos, continuó—. La segunda es que entonces era la vicepresidenta de los Estados Unidos y su consejo y apoyo fue decisivo. Y la tercera porque ahora, desde su responsabilidad, no ha cejado en involucrarse en todos los proyectos. —Levantó la mano pidiendo tranquilidad—. Por favor, aún no aplaudan, pues quiero pedirle un último esfuerzo, que sea Ud., Sra. presidenta, la que nos lea el mensaje que nos han dejado los marcianos. Sería un honor.

Ahora sí, un largo aplauso corroboró la petición. Mientras se apagaban estos, la presidenta Harris se acercó al atril.

—El honor me lo hace Ud., secretario general, y todos Uds. con sus aplausos.

Bebió un trago de agua, para aclarar la voz, y comenzó:

«Hola. Si habéis llegado hasta aquí, nos encontrasteis y nos entendisteis. Ahora ya podemos decir "hola, hermanos". Estamos cada vez más cerca de conocernos, pero antes hemos de hacer un ejercicio de reflexión conjunta de nuestra cultura, que debió ser la vuestra, y de vuestra cultura, que hoy debería ser finiquitada.

Todos hemos cambiado paradigmas que consideramos inamovibles para nuestras vidas y, por tanto, nuestras sociedades. Hemos sufrido mucho por vosotros desde nuestra forma de vida, pero también hemos aprendido mucho, sobre todo a escuchar, a esperar y a confiar, gracias al Consejo, que suponemos conocéis porque ya sabéis de nuestra cultura. Queremos haceros unas críticas que os pueden parecer duras, pero son necesarias para poder avanzar y crecer juntos. Vamos a dividir en tres áreas nuestras observaciones: el planeta, las religiones y la mujer. Todas están conectadas.

EL PLANETA

No os planteabais nada, solo subsistir de la forma que fuese. Somos conscientes del desastre que sufrió el planeta con la explosión de nuestro cohete y el cambio estructural del mismo, que supuso la desaparición de todo vestigio de lo conocido hasta entonces (personas, animales y flora), seguido de permanentes cambios estructurales consecuencia de terremotos, erupciones volcánicas, tsunamis y diluvios, y unido a eso la exposición a una fuerte y duradera radiación. También sufrimos los devastadores efectos en nuestro planeta.

Aunque intentamos por todos los medios ayudar, no fue posible, no se podía llegar. De hecho, se consideró que se había destruido para siempre este planeta, lo que, afortunadamente, no sucedió.

Cuando por fin pudimos llegar, habían transcurrido, con nuestra medida del tiempo, algo más de una generación. Bien es cierto que de todo error se aprende y nace la necesidad de saber por qué sucedió y cómo resolverlo. Y así lo hicimos. Hoy en día nuestras naves están dotadas de dispositivos que, o bien evitan, o bien desvían los obstáculos que podrían llevar, nuevamente, a un desastre.

El planeta, tal como lo conocieron nuestros predecesores, había desaparecido; nuestros hermanos, también. Por eso descendimos al fondo de las aguas y nos encontramos con nuestros cuidadores, a los que llamaremos "medusas" para ir poniendo conceptos que nos faciliten nuestro entendimiento. Nos explicaron todo el desastre y que solo sobrevivieron ellas y los bebés depositados antes del desastre, aunque no todos.

Nos lo contaron las medusas que vosotros conocéis con el nombre de *Turritopsis nutricula*, que es una especie, como sabéis, inmortal. También protegieron a otras medusas necesarias para mantener el cuidado de los bebés, y sobrevivisteis hasta tres generaciones a su cargo. Nos siguieron narrando que salisteis a la superficie y no volvisteis. No supieron más de vosotras y de vosotros, y pensaron que habíais muerto como vuestros antepasados.

Hablamos con el Centro de Control y pasamos la incidencia y una propuesta que consistía en trasladar a todas las medusas y abandonar el planeta. Comunicaron la propuesta al Consejo y nos pidió que antes de iniciar el desalojo, hiciésemos un reconocimiento a fondo y si en un tiempo prudencial no encontrábamos restos o indicios de vida inteligente, procediésemos a dejar definitivamente el planeta. Si estáis ante esta grabación, es que conocéis lo sucedido, afortunadamente.

LAS RELIGIONES

El desconcierto que siguió a la decisión de tener un solo sistema de comunicación escrita válido para todas las tribus del planeta, intentándolo con la escritura, fracasó. Había que interpretar los grafismos y las fonéticas eran diferentes; habíamos confiado demasiado en vosotros, los hombres, pues un compromiso se debe cumplir. Tenéis que reconocer que vosotros lo incumplisteis por no enseñarlo a los demás miembros de vuestro entorno. Nuevamente, el Consejo, ante nuestra queja, nos dijo que hasta cierto punto era lógica vuestra reacción, porque vuestros recuerdos están imbricados en el desastre, de ahí la desconfianza, aunque no entendían tanto vuestro comportamiento de no compartir con todos y todas los conocimientos aprendidos.

Conocéis que en vuestra cultura los miedos y la ignorancia son caldo de cultivo para ser sometidos por los denominados druidas, oráculos, magos, hechiceros, chamanes, sacerdotes… En fin, toda una panoplia de embaucadores que con el conocimiento de las letras manejaban a su interés los destinos de sus compañeros y compañeras. Primero jugando con los miedos a lo desconocido que les contabais y, después, esos miedos e inquietudes les dio una ventaja muy poderosa, más que la fuerza del más fuerte, que hasta entonces era como se medía el poder, para manejaros a su antojo; les entregasteis vuestro destino. Cuando el escriba, el oráculo, el chaman, el sacerdote… se percató de que a los más fuertes se les podía dominar porque conocía sus temores y sus debilidades, lo aprovechó para tener más poder, y no para mejorar las condiciones de vida de toda la tribu, poblado, ciudad o país. Inventaron los dioses.

Existen casi tantos dioses como pueblos. Desde Manitu, de la cultura algonquina, pasando por Odín, en la mitología vikinga; Trimurti (Brahmá, Siva, Visnu) en el hinduismo; Zeus en Grecia y Júpiter en Roma. En las culturas de América del Sur, en cada una de las tribus hay un dios, como sucede en la cultura egipcia, en la que destacan cinco: Osiris, Tebas, Menfita, Edfu y Elefantina. O como ocurre en Australia, donde hay seres totémicos: Altjira,

Alchera, Alcheringa y Mura-Mura o Tjukurpa. A cada cual más fuerte y más poderoso que el de las otras culturas. ¿Y cómo lo resolvéis? No con la palabra, sino por la fuerza. Sabéis vuestra historia.

Hemos observado que tenéis un problema aún no determinado derivado, a nuestro criterio, de la posible confusión nunca resuelta por el oscuro recuerdo de la Gran Catástrofe, del tiempo vivido por las generaciones anteriores, la primera que abandonó el mar y los cuidados de las medusas, con la pérdida de los conocimientos que, lamentablemente, fueron asolados. Sin embargo, necesitamos dar respuesta a las dudas más profundas, y una de las que más os está ocupando y preocupando es resolver qué es el alma, a quién pertenece, qué sucede cuando se separa del cuerpo. Filósofos como Platón, Aristóteles, S. Agustín y un larguísimo etcétera siguen buscando la respuesta.

La ciencia siempre da la solución. A todos os dicen cuando alguien se muere de vuestro entorno: "No te preocupes, te ve desde donde está. Algún día volveréis a veros", y otras muchas expresiones que pretenden, sin duda con buenas intenciones, serenaros y aplacar la pena, pero sin pensar lo incongruente de las tesis que utilizan. Sabed que, a nuestro juicio, es otra de las formas usadas para tener vuestra voluntad atada a lo desconocido.

Solo una pregunta: ¿alguien de vosotros recuerda en qué lugar estaba antes de nacer? Pues ahí volveréis. Somos energía y la energía ni se crea ni se destruye, se transforma.

¿Qué razón puede pensar que hay un Ser Superior que decide quién vive en la opulencia o en la miseria, quién nace en medio de un conflicto y quién no? ¿Qué Ser Supremo decide quién vive y quién muere y de qué forma? Muchas preguntas sin conocer las respuestas.

Hoy día, podemos decir que hay tres grandes religiones monoteístas: el judaísmo, el cristianismo y el islamismo. Las tres tienen en común el libro sagrado, que se conoce como Antiguo Testamento y que son las revelaciones del Ser Superior.

El Antiguo Testamento, que recoge todas las leyendas y mitos que se han conocido a través de la tradición oral, curiosamente también comparte el paraíso terrenal, Adán y Eva, Caín y Abel, Enoc y Matusalén. Evidentemente, son libros escritos por hombres. En el Antiguo Testamento, las primeras revelaciones que se dicen que son directas de Dios son las que se le hizo a Moisés, quien las escribe en papiro y que son dadas por ciertas y auténticas en 1943 por el papa católico Pío XII.

De este libro sagrado, hemos querido hacer mención expresa a dos momentos. Con el primero nos referimos a lo que ya consideran revelaciones de Dios a Moisés y que han quedado escritas, dicen, en papiro, en hebreo, arameo y griego: "…acordaron inmediatamente la verdad que rige la relación de Dios y el hombre. Él decretó que nosotros gozásemos de un destino sobrenatural. Habiendo hecho esta decisión libremente". Las revelaciones dictadas por Dios a Moisés solo eran aplicables al pueblo elegido. Pero ¿quién es el pueblo elegido? ¿Y el resto de los pueblos de la Tierra?

El otro pasaje que resaltamos nos ha parecido espeluznante. Se relata el momento en el que el Ser Supremo expulsa del paraíso terrenal a Adán y a Eva, pues comieron del árbol de la ciencia: "Dijo a la mujer: multiplicaré tu trabajo, miserias en tus preñeces; con dolor parirás los hijos y estarás bajo la potestad o mando de tu marido y él te dominará" (sic). Sin palabras. Y está avalado en 1943 (siglo XX) por el máximo representante de una religión monoteísta, el papa de Roma Pío XII.

Nos quedan los mitos, que todos se deben a la tradición oral, aunque algunos se quieren humanizar. Veamos algunos ejemplos. Elías, dice el ya citado libro, era un enviado, un profeta del Supremo Ser y le rescató enviando un carro de fuego; era uno de nuestros pilotos de nave espacial.

A Jonás, otro enviado del Ser Supremo según el libro sagrado, le devoró un pez y el Señor le liberó. Ya sentimos destrozar una historia tan bonita, pero es que también fue otro piloto nuestro con la misión de encontrarse con las medusas y darles opciones de volver o de quedarse. Diremos que la gran mayoría se quedó voluntariamente.

Los dragones fueron nuestras naves usadas para el traslado de un punto a otro dentro del planeta.

Hubo otras muchas leyendas e historias de tradición oral que no eran más que intentos para dar respuesta a lo desconocido.

LAS MUJERES

Como ya suponemos que conocéis nuestra sociedad, habréis visto que el principal órgano de la toma de decisiones es el Consejo, compuesto por mujeres, y no porque sean mejores que los hombres. Es una decisión ancestral. Ellas han demostrado en nuestra historia su capacidad de equidad, de empatía y de humildad. Debéis de saber también las múltiples veces que gracias al Consejo estáis ahora aquí. A nosotros, los visitantes, nos llevasteis muchas veces al deseo de, al menos, abandonaros y dejaros a vuestra suerte o aniquilar el planeta, y todas las veces el Consejo confió en vosotros, y especialmente en vosotras.

Pero vamos a centrarnos. Los primeros que cometimos un error fuimos nosotros y nosotras. Nos confundió vuestra evolución en el método de procreación y, queriendo hacer un favor, al considerar que el estado en el que algunas estaban y otras podrían estar, así como al observar cómo alimentáis a vuestros bebés, consideramos, equivocadamente, que al no haberlo hecho nosotras nunca, era un esfuerzo de extraordinaria dureza y no atendimos vuestra petición de conocer la escritura. Fallamos, pues, como ya hemos dicho, creímos en la palabra dada. Todo se precipitó con más rapidez que la que habíamos considerado. Por eso, perdón.

En vuestra historia, lo que más tristeza nos ha producido ha sido el maltrato ejercido sobre las mujeres, pues son incongruentes los daños que se les infligen con la adoración que a veces se aparenta. Pues se ha tenido a la mujer como la representación de la diosa de la fertilidad, la diosa de la vida, la diosa de la fortuna, la Pachamama, la tierra, esposa de dioses, madre del Salvador… A la que se acude cuando algo no sale bien o cuando os veis desolados y tenéis miedos ("mamá, mamá", suplicáis). Para los hombres, vuestras mujeres (que ya empezamos mal, pues consideráis que es una propiedad) deben ser sumisas, honestas y amantes (pero sin pasarse, que algunas prácticas no son propias de una mujer decente).

Nos ha llamado la atención cómo manipuláis los hombres, y a veces algunas mujeres también, los actos que no tienen más que ser divertimentos. Hacéis que fiestas en las que se participa con bailes, cánticos, juegos y otras formas de compartir el espacio y el tiempo sean eventos que están bien vistos si lo hacen los hombres, pero si ellas acuden se las llaman brujas. Igual que cuando conocen las propiedades curativas de algunas plantas y las aplican, entonces son hechiceras.

Pero buscasteis una solución: la hoguera. Por poner un ejemplo destacado, las brujas de Salem. Pero hay, lamentablemente, muchos más ejemplos y en todo el planeta.

Todo esto ya venía de antes. Es el caso de los oráculos. Por ejemplo, el de Delfos realizaba augurios que le transmitía una pitonisa, una mujer que residía en las zonas privadas del templo a la que le consultaba y después trasladaba como suyo el augurio. En Roma fue la sibila. Sin embargo, era en ellas en quienes confiaban. Las vestales, las valkirias, las huríes, hasta llegar a las monjas en la actualidad, han sido utilizadas para las labores más mundanas de los ritos y nunca se las ha dejado ser actrices principales en las ceremonias, ni tan siquiera en papeles secundarios. Pero podemos ir más atrás. Hipatia de Alejandría, filósofa, astróloga, matemática… La mataron los sacerdotes cristianos, entre los que había alumnos que lo fueron de ella y a quienes enseñó todo lo que sabían.

Pero no hace falta irse tan lejos. Hoy todavía, en demasiadas culturas, la mujer es la guardiana del honor de toda la familia. Hay un castigo para la mujer que yace con varón fuera del matrimonio: la lapidación. Al hombre no, el pobre ha sido engañado por la muy… bruja. Y qué decir de las culturas en las que la ablación del clítoris es una norma de su fe, incluso defendida por otras mujeres. "Estarás bajo la potestad de tu marido y él te dominará". Y si no eres mía, no eres de nadie. Así está justificado el maltrato de la mujer en cualquiera de sus acepciones, verbal, psíquica o física.

Sería muy larga la lista de agravios, pero también queremos hacer referencia a los daños que os causáis voluntariamente y que son evitables, por ejemplo, las guerras. ¿Quién gana? Deberíamos decir que nadie, pero gana el que tiene la narrativa. No se entiende que un pueblo tan perseguido como el judío carezca de empatía y compasión tratando como trata, en la actualidad, al pueblo palestino. ¿Por qué atacáis a los diferentes? Homosexuales, lesbianas y transexuales. ¿Qué os molesta?, ¿acaso es que sois iguales y tenéis miedo a que se sepa? No lo entendemos.

Vamos acabando. Estáis llegando a unos niveles de conocimiento como nunca pensasteis. Ya solo os queda que aceptéis y llevéis a cabo la igualdad y, entonces, nos encontraremos».

Kamala Harris levantó la mirada del escrito.

—Señoras y señores, hemos cambiado tanto y tan deprisa en solo ocho años. Queda mucho por hacer, por analizar y por resolver. No sé si todos los que ahora estamos en el planeta lo veremos, espero que sí, y que consigamos todo lo que nos han pedido. No solo porque queramos encontrarnos, debe ser por nosotros mismos, para que recuperemos la dignidad.

»Queda clausurado este primer Congreso Mundial. Muchas gracias y mucha suerte.

Nueva York, 27 de septiembre de 2030 a las 15:35, en la Asamblea General de las Naciones Unidas.

Índice

Sobre el autor

Elías Iglesias Estrada (León, 1944) nunca se ha considerado un escritor de vocación tardía, pues desde siempre ha querido escribir; de hecho, algunas historias que les contaba a sus hijos cuando eran pequeños están incluidas en esta obra. «Lo que sí soy es de decisión muy tardía».

Este libro nace como casi todo, de casualidad. Un día leyó información acerca de la llegada a Marte del robot Perseverance, y su previsión de amartizaje en el volcán Jecero. Poco a poco comenzó a unir las informaciones con las historias que desde hacía muchos años tenía en mente. «¿Por qué no podía ser verdad?», se preguntaba.